一丁目ぞめき

赤堀雅秋

白水社

一丁目ぞめき

目次

一丁目ぞめき

登場人物

大場稔（43）

大場健二（39）
稔の弟。親の代からの『スーパーおおば』を継いでいる。

丸山隼人（42）
近所で小さな電器屋を営む。

三宅薫（43）
稔のいとこ。

三宅信子（36）
薫の妻。

葬儀屋（35）

二〇一二年、三月。大震災から一年の時が経つ。

千葉県郊外の寂れた町。

築四〇年ほど、中流家庭の一軒家。そのダイニングキッチン。ダイニングキッチンと呼べるほど洒落た感じではなく、生活感が匂いたつような、いわゆるお勝手といった感じ。

中央にテーブルがあり、祖父（故人）、祖母、健二、健二の妻、二人の子供（五歳、二歳）、つまり計六つの椅子がある。

下手側は、居間へ通じる出入り口。

中央奥に大きな食器棚、その横の襖の奥は健二の両親の部屋。

また、その脇の木製の玉のれんを抜けると、二階へ通じる階段、風呂、便所、玄関などがある様子。

上手側は、シンク、ガス台、冷蔵庫、小窓。

勝手口を出ると、健二の経営する『スーパーおおば』のバックヤードに通じる様子。

とにかく、不潔というわけではないが、長い年月をかけて染みついた油や埃やヤニや煮物のような匂いに侵食されて、それは二度と払拭できない。

一　ぞめき

昼下がり。雨。三日前に他界した（稔、健二の）父親の通夜の準備。

下手側の居間に祭壇を組んでいるようで。

下手側前方、雨漏りをしていて、その雫をバケツで受けている。

ペタ……ペタ……ペタ…………ペタ…。

テーブル席にいる灰色の背広を着た稔、煙草に火をつけ、やがて雨漏りの所に行き、その雫を掌で受け、やがてその匂いを嗅いでみる。

稔「……」

勝手口から現れる喪服姿の健二、薫、葬儀屋、丸山。

健二　「ゴメン、傘はそこのガスメーターの所に引っ掛けて。こっち入れちゃうとビチョビチョになっちゃうから。（流し台に掛けてあるタオルで濡れた衣服を拭き、ふと匂いを嗅いで）タオル、今持ってくる。（のれんの奥に消えながら）何で新しいのに代えておかねぇんだよ…」

薫　「あ、いいよ、ハンカチあるから。（ポケットを探るが無いので）信子！信子！」

稔　「（丸山に）やっぱりダメ？」

首を振る丸山。

薫　「泡吹いちゃってるもん。ありゃ毒殺だな。信子！　信子！」

丸山　「靴下ビチョビチョ…」

薫　「だから家の中に入れとけって言ったんだよ、俺は」

お菓子の入ったレジ袋を両手に、のれんの奥に姿を現わした信子。

稔　「犬は犬の家があるだろ」

薫　「犬だってこんな雨の中じゃ可哀想だよ。雑なんだよ、ここの家族は」

葬儀屋「(丸山に) なんか変なもん食べちゃったんですかね」

のれんの奥から新たなタオルを手に戻ってきた健二。

薫「どうする、警察に電話する?」
健二「(丸山にタオルを渡しながら) いやぁ……今、警察に来られてもな…」
葬儀屋「一段落してからの方がいいんじゃないですかね」
健二「(稔に) ちょっと換気扇の下で吸ってよ」

特に移動しない稔。

丸山「もしあれなら、俺たちで対処しておいてもいいけど。(薫にタオルを渡す)」
健二「でも犬だからなぁ…」
薫「犬だって何だって殺人は殺人だよ」
他一同「………(特に何も指摘できず)」
健二「うーん… (それにしても参ったな)」
葬儀屋「器物損壊罪ですね」

健二　「でもまだ……殺されたって確実にいえる訳じゃないですもんね」
丸山　「勝手に変なもん食っちゃったのかもしれないしな」
薫　「でもあんな所に毒団子があるかね、普通…」
健二　「うーん…」
葬儀屋　「何で毒団子なんですか」
薫　「え？」
葬儀屋　「何であの犬の死因が毒団子だってわかるんですか」
薫　「いや……泡拭いて死んでたら、だいたい毒団子じゃないの？」
丸山　「(苦笑しながら) そんなことねぇべ…」
健二　「信子さん…」
薫　「何でお前そんな所に突っ立ってんだよ」
葬儀屋　「(稔に信子を示し) 第一発見者…」
稔　「うん…」
薫　「どういう状況だったんだ、お前が見つけた時」
信子　「(のれんの奥にいたまま) どういう状況って…」
薫　「いや例えば……まだビクビク動いていたとか…その……変な…不審な人物を見たとかよ」
信子　「わかんない…」

薫　「（激昂して）わかんないって何だよ！　動いてなかったら動いてないでいいし、見てないなら見てないって、ただそれだけのことじゃねぇか！」
丸山　「まぁまぁまぁまぁ…」
葬儀屋　「どうしましょうかね…」
健二　「何でこんな時に…」

ペタ………ペタ…。

薫　「稔君が帰ってきた時には、まだ生きてた？」
稔　「あ？」
薫　「ジョン」
稔　「わからん」
健二　「………わからんって何」
稔　「いや……サングラスかけてたからさ」
健二　「………」
丸山　「とにかく、いつまでもそこにほっとく訳にいかねぇべ」
信子　「雨で可哀想…」
薫　「（激昂し）もう死んでるんだから雨も何も関係ねぇだろ！」

信子「………」
丸山「奈美ちゃんは？」
健二「上でラピュタ観てる」

ペタ………ペタ…。

稔「何だ、ラピュタって」
丸山「健ちゃん、ブルーシートある？」
健二「え？」
丸山「なかったら毛布でも何でもいいけど」
健二「あ…（下手側に行きかけた所で）あ、信子さん、悪いんだけど、奈美、ちょっと見てきてもらっていい」
信子「あ、はい」

健二は居間へ、信子は階段から二階に消えた。

丸山「（薫に）とりあえず包んでどっかに置いとこう」
薫「あ…」

稔　「（葬儀屋に）犬用の棺桶ってのはないの？」
葬儀屋　「はい？」
稔　「いやどうせだったら親父と一緒に葬ってやってよ」
葬儀屋　「いやいやいやいやいや…」
稔　「サービスサービス」
薫　「（とがめて）稔君…」
葬儀屋　「ペットはうちでは扱っておりませんので…」
稔　「ケチくさいこと言うなよ（下品に笑う）」
丸山　「でも本当……誰があんなこと…」

ペタ………ペタ…。

薫　「向かいのキチガイかもしんない…」
丸山　「え？」
薫　「小田島さん」
丸山　「ああ…」
薫　「あのオッサンならやりかねないよ」

ペタ……ペタ…。

健二「(古い毛布を手に) ゴメン、こんなのしかなかったわ」

丸山「あ、十分でしょ。(勝手口の方に行こうとする健二に) ああ、いいよいいよ。こっちでやっとく」

健二「いや…」

丸山「お前は他にもやること腐るほどあるんだから。(健二から毛布を奪い) 薫さん」

薫「え?」

出て行った丸山、「かーッ、ひどい雨だな…」の声。

薫「(健二に愚痴って) 勝手に仕切るなよな…」

健二「悪いね。とりあえず……犬小屋に入れといて (皆が床に残した雨の雫をタオルで拭き始める)」

薫「入るかな… (出て行った)」

葬儀屋「ちょっとおトイレお借りしますね」

健二「(のれんの奥に行った葬儀屋に) あ、葬儀屋さん」

葬儀屋の声　「はい？」
健二　「いやだから、見積書」

無反応ののれんの奥。
床を拭き続けている健二。
煙草に火をつける稔。

健二　「だから換気扇の下で吸ってよ」

雨漏りの雫を掌で受ける稔。

健二　「（せっせと床などを拭き続けながら）かみさんがうるさいんだよ。半分ノイローゼみたいなもんだから、ちょっと匂いが残ってただけですぐバレちゃうから」
稔　「………」
健二　「下のチビがインフルエンザでさ、ほら……こういう日だからさ、今はかみさんの実家に避難してもらってるんだけど」
稔　「………」

健二「上はもう幼稚園だから、あれ……一人でちゃんといい子にしてるよ。（苦笑して）ほっといたら何十回って繰り返してラピュタばっかり観てるから」

稔「……………」

健二「兄貴は？　結婚とかしてないの？」

稔「してないことはないよ」

健二「え？」

稔「いや、したことはないけど……あの……その辺はちゃんとやってるよ」

健二、のれんの奥へ。

稔「なんだ……結婚してたら偉いのか……子供がいたら偉いのか」

健二「（やがて新たなタオルを手に戻ってきて）え？」

稔「お前はそうやってすぐ人を上から見るクセがあるよ」

手を洗う健二。

稔「全然変わってねぇな、お前は…」

顔を洗う健二。

稔　「（雨漏りを見て）どうしようもねぇな、この家は…（煙草をバケツに捨て、冷蔵庫の中を物色）」

健二「（タオルで顔を拭いて）親父と会ったの？」

稔　「あ？」

健二「手、合わせてきなよ。まだちょっとバタバタしてるけど」

稔　「（食器棚へ行きながら）なんか食いモンねぇのかよ」

健二「え？」

稔　「ちょっと腹減っちゃってさ」

健二「なんか出前とる？」

食器棚の引き出しからツナの缶詰を見つけ、テーブル席へ。

健二、仕方なく流し台から箸を取り、稔に渡す。

ぼそぼそと食べ始める稔。

健二「あれ、葬儀屋さん、どこ行った？」

特に返事をしない稔。

健二「使えねぇな、あいつ…。（居間の方に）葬儀屋さん。葬儀屋さーん」

稔「クリーニング屋が消滅したな」

健二「え?」

稔「佐久間だっけ?」

健二「ああ…。とっくの昔だよ。（テーブルの上にある新聞の折込チラシの裏に何やら書き始める）」

稔「駅降りてさ、本当は右に行けば五分やそこらでここに来れるんだけど。俺、何となく左に行ったのよ今日は。何しろ久し振りだからよ」

返事をせずに何やら書き続ける健二。

稔「本当は辰巳屋の方からグルッとまわろうかと思ったんだけど、さすがに雨だからさ、そこまでの遠回りは面倒だから、あの……そろばん塾の方からまわったのよ」

健二「もう潰れたけどな」

稔　「でもほとんど変わらねぇのな。俺、びっくりしたよ。タイムスリップしたみたいだったもん。そろばん塾の前の平屋もそのまんまだし、なんか…鳩の滑り台があるちっちゃい公園もそのまんまだし。ワイショップがあったから、俺、田辺いねぇかなと思って覗いたけど誰もいやしない。風景はそのまんまなんだけど、とにかく誰も見当たらない。いや、本当……大袈裟じゃなくて人っ子一人いねぇんだよ」

健二　「雨だからだよ」

稔　「俺、なんか怖くなってきちゃってさ。駅から二、三〇分歩いてきたけど、その間誰にも会わなかったぜ。無人だよ、無人。雨の音しか聞こえなくてさ。もう空気が…ただねずみ色でさ。いや本当……世界の終わりかと思ったよ」

健二、チラシを稔に差し出す。

稔　「ん？」

健二　「いいから読めよ」

健二の書いた文面を見る稔（その文面、父が死んでからそこの部屋で母が伏せたまま。もう三日も飯を食べていない。かなり気がめいってるから静かに休ませてやってくれ。といった感じの内容）。

健二　「とにかく、あんまりギャーギャー喚《わめ》かないでくれ。（下手側へ）」

稔　「………」

健二　「（去り際に）こんな言い方もあれだけど、あんたと顔あわせて気分いい人間なんて誰もいないんだから。頼むから大人しくいといてくれ」

稔　「（苦笑）」

健二　「俺もさすがにもう大人だから、今は平静を装ってるけど…」

稔　「殴りたきゃ殴ればいい」

健二　「メロドラマじゃねぇんだから。そんな安っぽい言葉へドが出るよ」

稔　「………」

健二　「もうガキじゃねぇんだから……とにかく……大人しくしといてくれ。頼むから。（去る）」

稔　「俺じゃねぇからな」

健二　「？」

稔　「犬、殺したの」

居間へのガラス戸を閉め、去った健二。
ペタ……ペタ…………ペタ…。
階段の方から子供の声。

奈美の声「おじちゃん、誰?」
稔「?」
奈美の声「おじちゃん、誰?」
稔「お前が誰だよ」
奈美の声「……お父さんの子供」
稔「……おじちゃんはね……お父さんの……兄」
奈美の声「……」
稔「わかる? お父さんの……お兄ちゃん」
奈美の声「バーカ」
稔「……あ?」
奈美の声「バーカ……バーカ……バーカ(逃げるように階段を上る音)」
稔「……」

ペタ……ペタ…。

稔、奥の襖の所に行き、やがてそっと開ける。

稔「くせッ」

稔、さらに襖を開け、中を覗き込む。

稔「風呂も入ってないの？」

ペタ…………ペタ…。

稔「もう三日飯食ってないんだって？」

ペタ…………ペタ…。

稔「何か食わないと死んじゃうよ」

ペタ…。

稔　「何か食わないと死んじゃうよ」

ペタ……ペタ……ペタ…。

稔　「お母さん」

勝手口から現れた薫と丸山。
慌てて襖を閉めた稔。

薫　「ひゃー、参った参った」
稔　「随分時間かかったね」
薫　「いやさすがに犬小屋はマズイと思ってさ」
丸山　「奈美ちゃんに見つかったらおおごとだから」
稔　「遅いか早いかだろ」
薫　「奈美ちゃん、ジョンが大好きだったから」
丸山　「(流し台、石鹸で手を洗いながら) ま、しかるべき時に健ちゃんに説明してもらった方がいいべ」
稔　「どう説明すんだよ」

丸山　「いや、どうって…」
薫　「殺されたなんて口が裂けても言えねぇからな。ま……病気で死んだっていうのが無難じゃねぇか」
丸山　「あの…パトラッシュみたいにな？　こんな…輪っかつけて天に昇っていったって？（タオルで手を拭く）」
薫　「そうそう。そんな感じ（手を石鹸で洗い始める）」

のれんから現れた葬儀屋、そのまま居間へ。

稔　「で、どこに片付けたの」
丸山　「あの…（煙草に火をつけ）…カップラーメンの倉庫」
稔　「カップラーメン？」
薫　「いや一時的によ、一時的」
丸山　「（換気扇を作動し）冬だから腐りはしねぇべ」
薫　「一時的遺体安置所」
丸山　「つうか大丈夫か、あれ」
薫　「ん？」
丸山　「鍵がバカになって。あれじゃ倉庫の意味ねぇべ。『どうぞ盗んで下さい』って言ってるようなもんだぞ」

薫　「（テーブル席に着きながら）雑なんだよ、この家は」

丸山　「（稔に）いつ潰れてもおかしくねぇよ、スーパーおおば」

稔　「うん…」

丸山　「そもそも健ちゃん、商売向いてねぇんだよ。もうコレっていったらコレしか見えなくなっちゃうから、あの人は。もう親父さん、そっくり。逆によく今までやってこれたよ」

薫　「多少のズルさは覚えないとなぁ。正攻法で行ったって玉砕するしかないんだから結局は」

稔　「今、何やってんの？」

薫　「俺？　仕事？」

稔　「うん」

薫　「化粧品売ってんの」

稔　「化粧品？」

薫　「化粧品っていったってあれだよ。そんな……稔君が思ってるような化粧品じゃないよ」

稔　「え？」

薫　「そんな……仲間由紀恵があれするような代物じゃないですよって」

稔　「ああ…」

居間から現れた葬儀屋、のれんの奥へ。

丸山　「ま、どこもオンナジようなもんだよ」

薫　「そりゃそうだ」

笑う丸山と薫。

稔　「（襖を少しだけ開け、煙草に火をつけ）俺、本当に死ぬかと思ったもん」

丸山　「ん？」

ペタ………ペタ…。

稔　「でも、まぁ………生きてるからここにいるんだけどさ」

丸山　「うん…」

のれんの奥から現れる信子。

稔　「いや、今思い出しても本当に恐ろしいわ…」
丸山　「うん…」

ペタ……ペタ…。

稔　「（襖を少し開けたままテーブル席に着き）いや、最初からたいして期待なんてしてなかったんだよ」
丸山　「うん」
稔　「本当だったら順番にね…」
丸山　「うん」
稔　「順番にシャワー浴びたりすんだけどさ。本来ならね」
丸山　「うん」

※以下、稔と丸山、薫と信子の会話は同時進行で（稔らの会話は後の★印から）。

信子　「（換気扇の下にあった灰皿を稔のもとに置きながら、薫に）何、結局床屋さん、行かなかったの？」

薫「うん…」

信子、食器棚から皿を二つ取り出し、テーブルに。

薫「おい、勝手にそういうのイジるなよ」

さらにお菓子を盛り付ける信子。

薫「覗いてみたらもう満席だったんだよ」
信子「だから行く前に電話しなさいって言ったじゃないよ」
薫「あんなとこ予約しなくたって、いつもガラガラだもん」
信子「でも実際いっぱいだったんでしょ」
薫「たまたまだよ」

ペタ……ペタ…。

信子「まだ時間あるからどっかで切ってくれば？」
薫「いいよ（嫌だよ）」

信子「みっともないじゃない、そんなボサボサ。（一つの皿を持って、居間に消える）」

ペタ…。

薫「（居間の信子に）これは……こういう髪型なんだよ！」

ペタ………ペタ………ペタ…………ペタ…………ペタ…。
やがて雑巾と水の入ったバケツを手に戻ってきた信子。

薫「（居間の方は）飲み物とかはいいのか」
信子「もう用意してあるから（拭き掃除を始めた）」

ペタ………ペタ…。

薫「いいだろ、そこまでしなくて」
信子「お客さんの靴下汚しちゃうとあれだから」
薫「みんな黒だからわかんねぇよ」

信子「うん…（構わず拭き続ける）」

ペタ………ペタ…。

薫「逆に嫌味になるぞ、そういうの」
信子「え？」
薫「健ちゃんの奥さんに。『いつも掃除してないんですね』ってアピールしてるみたいじゃねぇか」
信子「そんなわけないじゃん」
薫「お前がそう思わなくても、他人からすりゃ…そう思う人だって幾らでもいるんだから」
信子「そう思いたい人には思わせておけばいいのよ」
薫「お前はそれでいいかもしれないけど、俺とお前は夫婦だからな。こっちの身にもなってみろよ」
信子「何」
薫「………」
信子「何」
薫「いいよ、もう面倒臭い…」

信子「え？」

薫「説明するのが面倒臭い」

構わず拭き続ける信子。

ペタ……ペタ……。

薫「俺からしたら、そういうのは優しさでも何でもねぇぞ」

信子「え？」

煙草に火をつける薫。

信子「換気扇の下で吸いなよ」

薫「こっちに灰皿あるから」

ペタ………ペタ…………ペタ……。

信子「じゃ五千円札、返してよ」

薫「え？」

信子　「だって行かなかったんでしょ、床屋さん」
薫　「行かなかったけど、どうせ切るんだから」
信子　「いつ」
薫　「え？」
信子　「いつ切るの」
薫　「わかんないよ」
信子　「わかんないことないでしょ。今日行けなかったら、今度の土曜か日曜しかないじゃない」
薫　「………」
信子　「そういうあれだったら今度の給料日の後にしてよ」
薫　「うん…」
信子　「置いといて、そこ（テーブルの上）」
薫　「え？」
信子　「五千円。（バケツで雑巾をゆすぐ）」

仕方なく財布から五千円札を取り出し、テーブルに置く。
雑巾を絞り、再び床を拭き始める。

★

稔　「いや俺だってもう中学生じゃねぇからさ、そんな……ただ発射すればいいなんて考えじゃないのよ」
丸山　「（笑う）」
稔　「いや本当。風俗行っても四分の三は愛撫だもん」
丸山　「うん」
稔　「ずーっと愛撫ばっかり。なんかヘタに舐められたりするよりそっちの方が興奮すんだよな」
丸山　「（心底）わかるなー……」
稔　「で、そのブラジル人」
丸山　「うん」
稔　「いやもしかしたらフィリピンかもしんないけど、なんかフィリピンって感じでもなかったんだよ」
丸山　「うん」
稔　「だから勝手に俺がブラジル人って呼んでるだけなんだけど」
丸山　「肌がな…」
稔　「いやいつも韓国とか中国ばっかりだからさ、そんな明らかに外人みたいの俺初めてでさ、正直すげープレッシャーでさ」

丸山　「まぁな」

のれんから現れた葬儀屋。

稔　「腕相撲ってこう…最初に組んだ時にどっちが強いかわかるじゃない？
あんな感じ」

丸山　「ああ…」

稔　「もう明らかに負け試合だもん。こっちはこんな釣り船でさ、向こうは
もう……黒船よ」

丸山　「（笑う）」

稔　「だから、まぁ、よく昔の日本人はアメリカと戦争なんかやったよね」

丸山　「うーん…」

稔　「勝てるわけないと思っちゃうもん、あんなもん目の当たりにしたら」

丸山　「だからそういった意味では『なでしこジャパン』は凄いよね」

稔　「いや、あれは凄い！　うん、あれは凄い！」

葬儀屋　「（丸山に）あの、喪主の大場さんは…」

丸山　「え、さっきそっち（のれんの方）行ったと思うけど」

葬儀屋「あ…（踵を返す）」
稔「もうパンツ脱ぐのが恥ずかしくてさ」
丸山「え？」
稔「（己の股間を示し）釣り船…」
丸山「え？」
稔「釣り船」
丸山「（理解して、笑う）」

しばし二人で大笑い。

稔「（やがて）向こうは完全にビジネスだからさ、こっちの恥じらいなんてお構いなしに、もういきなりシコシコやりだすわけよ」
丸山「うん」
稔「いや俺、『ウェイトウェイト』って言ってさ、『シャワーシャワー』って言ってんのに、『ダイジョブダイジョブ』って仏頂面でシコシコやるわけよ。俺、もう頭に来ちゃってさ。いやだってこっちは三〇分のお金払ってよ、そんでいきなりシコシコやられて五分やそこらでイッちゃったらな」

丸山「もったいないもったいない」
稔「だったら一人でマスかくわって話じゃない」
丸山「うん」
稔「だから俺、そのブラジル人に『とりあえず仰向けになってくれ』って。『俺がまず攻めるから』って」
丸山「うん」
稔「そしたら向こうはまた仏頂面で面倒臭そうに仰向けになるわけよ」
丸山「うわー…」
稔「なんか俺も腹たってきてさ、『絶対こいつをイカせてやる』って燃えてきちゃってさ」
丸山「うん」
稔「もう今までの人生のあらゆるテクニックを総動員して、そのブラジルの女を攻めまくるわけよ」
丸山「うん」
稔「でも、あっちもまたウワテでさ。もう明らかに演技だってわかっちゃう喘ぎ声を出すわけよ、『アン、アン、アン』って」
丸山「ムカツクなー…」
稔「だったら『黙っててくれよ!』って腹わた煮えくり返ってたんだけど、

でもそんなことで三〇分を無駄にしたくないじゃん？　三〇分三千九百円だよ」
丸山「あ、安いね」
稔「安いんだよ、そこ」
丸山「へぇー」

下手側（居間）から現れた健二、少し開いた襖に気づき、稔をチラと見て、閉め、冷蔵庫へ行き、中から出した牛乳をコップに注ぎ、飲む（飲み終えたら、そのコップを洗剤で洗う）。

稔「で、もう頭に来て、その…最後の砦に攻めようと思ったんだけど…」
丸山「うん」
稔「思ったんだけど、もうね…」
丸山「何」
稔「もう……明らかに臭いわけよ。ブラジル人のナニが」
丸山「うわー…」
稔「何ていうの………腐ったもずく酢みたいな匂いっていうか…」
丸山「もずく酢？」

稔　「何かね、ただ酸っぱいだけじゃないんだよ」
丸山　「はいはいはいはい」
稔　「でも俺は行ったよ。もう意を決してね。だってそこで引き返したら、いくらそんなブラジル人でも、なんか……傷つけちゃうかなぁって思ってさ…」
丸山　「うん」
稔　「で、舐めたら『ビリビリビリビリッ』って…」
丸山　「え？」
稔　「舌が『ビリビリビリビリッ』って痺《しび》れちゃってさ…」
丸山　「何で」
稔　「いや知らねぇよ。こっちが聞きてぇよ。もう軽い電気みたいに『ビリビリビリビリッ』って痺れちゃって、俺、参っちゃってさ…」
健二　「（稔に）なぁ」
稔　「本当はすぐにでも水とかですすぎたかったんだけど、そういうわけにもいかないし、向こうは馬鹿の一つ覚えみたいにアンアン言ってるしさ…」
健二　「なぁ」
稔　「だからしょうがないから近くの腿《もも》を舐めて、こう…緩和させるっていうかさ…」
丸山「(笑う)」
稔「そんなんでごまかすしかなかったもん、実際」
丸山「(さらに笑う)」
健二「(居間に戻る途中、丸山に)煙草は換気扇の下で吸って」
丸山「あ、ワリィワリィ」

去った健二。

稔「いや本当……死ぬかと思ったよ、実際」
丸山「(少し笑う)」

※稔たちの会話が後で終わる方が望ましい。
拭き掃除を続ける信子、テーブルの男三人。
ペタ………ペタ…。
稔、台所の換気扇の下へ行き、煙草に火をつけ、まずそうに煙を吐き出す。

稔「煙草ぐらい自由に吸わせてくれよ…」

丸山も換気扇の下に行き、煙草に火をつける。

稔　「煙草ぐらいで目くじら立てるなよ」
丸山　「奥さんがいたら完全禁煙だから」
稔　「（苦笑）」
丸山　「ま、子供がいたらどこもオンナジようなもんだよ」
稔　「何歳？」
丸山　「うち？」
稔　「いや、ここ」
丸山　「上が四歳か五歳で、下が……二歳か一歳」
薫　「二歳。下のチビちゃんはインフルエンザで奥さんの実家に避難勧告」
稔　「あららららら」

ペタ…。

丸山　「うちの上の娘なんて来年高校生だよ」
薫　「スゴイね」

稔　「巨乳？」
丸山「……は？」
稔　「いや娘。巨乳？」
丸山「親にそういうこと聞くかね…」
稔　「いや別にやらしい意味で聞いてんじゃねぇよ」
丸山「？」
稔　「いや単純に……巨乳か、そうじゃないかを知りたいの」
薫　「なんで」

特に返事をしない稔。

薫　「なんで」

特に返事をしない稔。
信子、バケツを持ってのれんの奥へ姿を消す。
薫、換気扇の下へ行き、煙草に火をつける。
ペタ…。

稔　「かみさん、おめでた？」
薫　「あ？」
稔　「あれは妊娠してるわけじゃねぇの？」
丸山　「（苦笑）」
薫　「してねぇよ」
稔　「あ、そう」
薫　「………ただのデブだよ」
稔　「（笑う）」

ペタ……ペタ…。

丸山　「稔さんだろ？」
稔　「？」
丸山　「いや、犬、殺したの」
稔　「………」
丸山　「いやみんな黙ってるから代弁してやってるんだけどさ」
薫　「（とがめ）丸ちゃん…」
丸山　「いや殴られたら警察に電話するだけだから」

薫　「え…？」
丸山　「いや大人の対応をするだけですよ。（稔に）お互い、もう…完全なオッサンですからね」
稔　「………」
薫　「俺はそうは思ってねぇよ。稔君…そこまでやるような人じゃないよ」
稔　「………」
薫　「だって稔君、動物好きだもんね？　小学校の時とか、確か飼育委員じゃなかったっけ？」
稔　「………」
薫　「稔君は動物殺すような人間ではないよ」

のれんから現れた葬儀屋、佇む三人を気にしながらも、テーブル席に。

薫　「なんか…………ハワイとか行きたいね」
丸山　「ハワイ？」
薫　「グアムでもいいけど。誰もいないプールにプカプカ浮いてさ、酒をこう…ラッパ飲みしてさ、ただこう……青い空をぼけーっと見てるの」
稔　「いいね」

薫　「いいよね」

ペタ……ペタ…。

勝手口から出て行った稔。

やがて丸山はのれんの奥へ消えた。

残された薫、葬儀屋に羞恥を感じながら、先程信子が購入してきたカップラーメンを取り出し、ポットからお湯を入れる。

葬儀屋「仲いいんですね、皆さん」
薫　「いえいえ…」
葬儀屋「(遠慮がちに)いとこ…?」
薫　「あ、はい。ここの母親の姉の息子です」
葬儀屋「ああ…」
薫　「でも近所だったんで幼なじみたいなもんですけど」
葬儀屋「ええ…」
薫　「今の喪服じゃないのが、ここの兄貴で」
葬儀屋「?」
薫　「喪主の兄貴」

葬儀屋　「ああ…」
薫　「もう二〇年ぶりぐらいですよ。ここに帰ってきたのも」
葬儀屋　「あ、そうなんですか」

のれんの奥から現れた信子、下手側の居間へ。

薫　「ここだけの話……本当……どうしようもない奴です」
葬儀屋　「？」
薫　「もう当時は有名人ですよ、この界隈じゃ。一丁目の有名人」
葬儀屋　「へぇー…」
薫　「出刃包丁持って町をうろつくんですよ」
葬儀屋　「え？」
薫　「いや奴が十代とか二十代の頃の話なんですけどね」
葬儀屋　「ええ…」
薫　「こんな…右手に出刃包丁ブラブラぶら下げてアーケードやら駅前やら小学校の前なんかをうろつくわけですよ」
葬儀屋　「えー!?」
薫　「いや意味なんてないんですよ。別に不良ってわけでもないし、それで実際に人を刺すわけでもないし。ただブラブラぶら下げてるだけなんですけどね」

葬儀屋　「(苦笑しながら) 怖いですね…」

薫　「包丁片手に、アーケードに停めてある自転車を一台一台蹴り倒して行くわけですよ。意味なんか無いんですよ。意味なく目についた自転車を蹴り倒して歩くんですよ」

葬儀屋　「捕まらないんですか?」

薫　「捕まりますよ、そりゃ。もう何十回って補導されたかわからないんじゃないですか?」

葬儀屋　「(苦笑)」

薫　「ここ出てからだって、いつか…何か犯罪でもやらかして新聞にでも載っかるんじゃないかって身内ながらに冷や冷やしてたんですよ」

葬儀屋　「あ、そうなんですか」

薫　「ま、僕の知る限りでは新聞には載らなかったみたいだけど。ここの家族もみんなオンナジ気持ちだったんじゃないかな。誰もあれの話はしなかったですよ、この二〇年間。『臭いものに蓋をする』じゃないけど、本当……盆や正月に親戚やらで集まっても、誰もあれの話はしなかったです」

煙草に火をつける葬儀屋。

薫　「化け物ですよ」
葬儀屋「はい？」
薫　「一丁目レベルの化け物です」
葬儀屋「（笑う）」
薫　「（換気扇の下から灰皿を持ってきて）だから、ま、何か無礼があっても、ま、どうかご容赦ください。（葬儀屋の傍らに置く）」
葬儀屋「いえいえいえいえいえ…。私は単なる葬儀屋ですから」

下手側の居間から現れた健二。

葬儀屋「（煙草を消しながら）あ、なんかすいません、話が途中のままで…」
健二「（薫に）あれ、電器屋は？」
薫　「いや、なんかそっち（のれんの奥）だと思うけど」
葬儀屋「お兄さんは外に行ったみたいですね」
健二「あ…」

薫　「なんか用事？」
健二　「いや、外の軽トラをね、ちょっと移動してもらいたいなと思って」
葬儀屋　「車、来ちゃいました？」
健二　「いや、ほとんど車は通らないんですけど、向かいの家がね、ちょっと、ま……色々ややこしい人で」
薫　「（葬儀屋に）クレイマークレイマー」
葬儀屋　「？」
健二　「八十過ぎのお母さんと、五十過ぎの一人息子の二人暮らしなんですけどね…」
薫　「息子がキチガイ」
健二　「ちょっと何かあるとすぐに騒ぎ立てる人で…」
葬儀屋　「ああ…」
薫　「灯油かけられたもんね」
葬儀屋　「灯油？」
健二　「うちの店、ただでさえ狭いから、ちょっと商品が陳列しきれなくて。それで仕方ないからトイレットペーパーとか、ま、そういうかさばるのを外に並べて売ってたんですけどね…」
薫　「もう少しで大惨事だったね」

健二　「レジやってたウチのかみさんが火をつける一歩手前で発見したんですけど…」
葬儀屋「うわー…」
薫　「キチガイキチガイ。兄貴といい勝負だよ」
健二　「(苦笑)」
葬儀屋「大丈夫ですかね」
健二　「?」
葬儀屋「いやお通夜。何かクレームつけられなければいいけど」
薫　「だから会館でやろうって言ったんですけどね」
健二　「緞らかかると思ってんの、あそこ使うの」
薫　「いやでも…」
健二　「(葬儀屋に)ま、少人数なんで、何とか大丈夫だとは思うんですけど」
葬儀屋「ま、こちらもできる限りのケアはさせていただきますので」

ペタ………ペタ…。

健二　「あ…。(のれんの奥に)電器屋さーん。丸ちゃーん…」
葬儀屋「(見積書を見せ)あの、すいません…」

健二　「あ、そうだった。すいません、今…（中央奥の襖の中へ消えた）」

テーブル席、所在なさげに宙を見つめる葬儀屋、やがて煙草に火をつける。
少し離れた所に薫、カップラーメンを食べ始める。
ペタ……ペタ…。

薫　「俺のアウディーは大丈夫かな…」
葬儀屋　「はい？」
薫　「（その場から）健ちゃん。俺のアウディーは大丈夫だよね？　あそこなら問題ないよね？　あの……大きい冷蔵庫の横。鮮魚の……アウディー…」

無反応の襖の奥。

薫　「（葬儀屋に）中古で一二〇万ですよ」
葬儀屋　「あ…」
薫　「でも、ま、好きだからしょうがないんですけどね」
葬儀屋　「ええ…」

ペタ…。

健二　「（両親の部屋の襖から姿を現わし、奥で寝ている母に向かって）一口でもいいから食べなよ。もしあれだったら冷蔵庫にイチゴがあるから。（襖を閉め、葬儀屋に）すいません、バタバタしちゃって」
葬儀屋「（煙草を消しながら）いえいえ…」
健二　「やっぱりお袋だったみたいです」
葬儀屋「ええ」
健二　「すいません、なんか御迷惑おかけしちゃって」
葬儀屋「いやウチは何にも」
薫　「棺桶？」
健二　「いや見積書見たらさ、棺が一二万六千円なんて書いてあったから…」
葬儀屋「打ち合わせの後、お母様から電話があったみたいで」
健二　「布張りの棺だって」
葬儀屋「すいません、私がちゃんとチェックできてれば改めて連絡したんですけど…」
健二　「いや、こっちもバタバタしてたんで…」

薫　「木の棺桶だったらいくらすんの」
葬儀屋　「いやそれはもう…ピンキリなんですけどね」

のれんの奥から携帯電話で話しながら丸山が現れ…。

丸山　「（仕事の電話らしく）うん――うん――いや、それは単純に接触の問題でしょ――接触の問題――（大笑いして）馬鹿言ってんじゃねぇよ、キャバクラにいるわけねぇだろ――近所だっつうの――近所の手伝い……（勝手口から去った）」
健二　「（丸山の『うん、うん』の後に）何で勝手なことするかなぁ…」
葬儀屋　「ま、でも…」
健二　「いや、こんな不謹慎な言い方もあれですけどね、どうせ明日明後日には燃えてなくなっちゃうわけですからね」
葬儀屋　「いやぁ…」
健二　「今さら近所に見栄張ってどうすんだっつうの…」
薫　「（軽くとがめ）健ちゃん…」
健二　「いや情けないけど無い袖は振れないからさ…」

ペタ…。
葬儀屋、テーブルの上の見積書の裏に何やら書き始める。

薫　「（襖の奥の母親に聞こえるように）いや、叔母さんが思った通りでいいよ。それが一番いい」
健二　「いや俺が怒ってるのは値段の問題じゃないんだよ。喪主の俺に相談の一つもあっていいでしょって話」
薫　「（苦笑）」
葬儀屋　「そもそも戒名というのは、この中の二文字だけなんですね」
健二　「？」
葬儀屋　「仏教では釈迦の弟子になること、ま、これを得度《とくど》するというのですが」
健二　「とくどする…」
葬儀屋　「得度する」
薫　「どういう字ですか」
葬儀屋　「？」
薫　「いや、漢字で書くと…」
葬儀屋　「損得の『得』に、あの……度……（苦笑して）あの…」
健二　「土ですか」

葬儀屋　「いや……」
健二　「（薫に）土曜日」
薫　「うん……」
葬儀屋　「一度とか二度とか……」
健二　「？」

紙に『度』という字を書く葬儀屋。

健二　「ああ……。（薫に）一度とか二度とかの……」
薫　「（あまり興味がなく）うん……」

下手側から現れた信子、のれんの奥へ。

健二　「（薫に）いや『土』ってなんか仏教っぽくない？」
葬儀屋　「要するに得度することによって、俗世界の名前を改めたものを戒名という訳ですね」
薫　「（葬儀屋の『俗世界』辺りで信子に）おい、あんまりウロウロしてたらかえって迷惑になるぞ」

返事のないのれんの奥。

葬儀屋「（改めて）得度することによって、俗世界の名前を改めたものを戒名…」

薫「（ほぼ同時に）お前みたいな素人が動くと二度手間みたいなことになるんだから」

返事のないのれんの奥。

薫「（のれんの奥に向かって）信子…………信子…」

健二「薫さん。お袋、今寝てるから…」

葬儀屋「（のれんの奥に）何かお困りでしたら遠慮なく言って下さいね」

返事のないのれんの奥。

葬儀屋「長い戒名ほどお布施が高いということはご存知だとは思うのですが…」

健二「ええ」

葬儀屋「（薫に）場合によってはお布施だけで百万円超えることもありますから」

薫　「はぁー…」
健二　「(薫に）明細書も領収書も出ないからね」
葬儀屋　「ま、そういうものですから」
薫　「坊主丸儲けだな」

勝手口から現れた丸山。

葬儀屋　「(構わず話し続け、先程紙に書いたものを読みながら）新気元《しんきげん》…寿桜院《じゆおういん》…麗室《れいしつ》…華優《かゆう》…大姉《だいし》…霊位《れいい》…」

煙草に火をつける丸山。

健二　「また随分立派な…」
葬儀屋　「うちの母親なんですけどね」
健二　「ああ…」
葬儀屋　「この『華優』というのが戒名になるんですが…」
丸山　「(薫に）花屋の子…」
薫　「え？」

丸山「見ました？　花屋の子…」

※ここから葬儀屋と健二、丸山と薫の二組の会話が同時進行で（丸山らの会話は後の★印から）。

葬儀屋「もともとうちの母親は『優子』という名前だったんですけど、その『優』の字を戒名に一字だけ入れて『華優』。つまりあの世では華優さんと呼ばれているわけですね」

健二「ええ」

葬儀屋「（書いてある法名を示しながら解説し）高齢で天寿をまっとうし、むしろおめでたいことです。明朗で高潔な方でした。夫によく仕えた麗しきご婦人で、こよなく花を愛する優しい女性でした。桜の季節を迎えるたびに、皆さんは故人を思い出すでしょう…」

健二「（感心し）はぁー…」

葬儀屋「ま、実際は『花より団子』の母親でしたけど、そんな……ね？……生々しい名前つけてもね」

健二「ええ」

葬儀屋「実際は肉が好きだったからって戒名に肉をつけてもしょうがないじゃ

ないですか（笑い）……新帰元寿桜院麗室『肉』優じゃね…」
健二「（愛想笑い）」
葬儀屋「じゃ、唐揚げが大好物だから新帰元寿桜院麗室『唐揚げ』優なんて…」
健二「（笑いながら）ええ…」
葬儀屋「そういうわけにはいきませんからね」
健二「はいはいはいはいはい…」

★

薫「あ、なんかあの……若い子？」
丸山「めちゃくちゃ可愛くないっすか」
薫「え、そう？」
丸山「え、ああいうのダメっすか」
薫「いやダメじゃないけど…」
丸山「俺、めちゃくちゃタイプですけどね」
薫「ちょっと性格キツそうじゃない？」
丸山「何言ってんすか、ツンデレっすよツンデレ」
薫「（苦笑）」

丸山　「ああいう女を落とす方が燃えるんすよ」
薫　「俺パス、俺パス」
丸山　「え、じゃ俺行っちゃいますよ」
薫　「好きにしてよ」
丸山　「え、それじゃつまんないっすよ。戦いましょうよ」
薫　「いいよ俺は…。カミさん来てるし」
丸山　「俺だってオンナジですよ」
薫　「（苦笑）」
丸山　「いや実際に付き合うとかじゃないですよ。ゲームみたいなもんですよ、ゲーム」
薫　「いやわかってるけど…」
丸山　「『この世の中で男がこの二人きりだったら、どっち選ぶ？』みたいなもんですよ」
薫　「うん…」
丸山　「後で聞きに行きましょうよ、二人で」
薫　「こんなオッサン相手にしてくれないって」
丸山　「（笑う）」
薫　「『キモイんですけど』ってひかれて終わりだって実際」

丸山　「そうかもしんないそうかもしんない」
薫　「でも、まぁ……やれるもんならやってみたいよね」
丸山　「え？」
薫　「いやだから……セックス」

※この「セックス」が浮き立つような同時進行が望ましい。
ペタ…。

葬儀屋　「ま、ですから………志《こころざし》の問題ですから」
健二　「はい？」
葬儀屋　「（見積書を改めて健二に示し）これ以上トラブルがあってもあれなんで、何か他に不明な点がございましたら一から改めて説明させていただきますけど」
健二　「いや、そんな…」
葬儀屋　「ええ」
健二　「すいませんでした…」
葬儀屋　「いえいえいえいえ…」

ペタ…。

のれんの奥から（ゴキジェットを手に）現れた信子。

健二　「あれ？　揺れてる？」

信子　「え？」

健二　「いや、今…。揺れてないっすか」

様子を窺う一同。

ペタ……ペタ…。

葬儀屋　「いや、揺れてないんじゃないですか」

健二　「え、そうっすかね…」

薫　「揺れてないよ」

ペタ……ペタ…。

葬儀屋　「（信子に）揺れてないですよね？」

信子　「ええ…」

薫　「揺れてないよ」
葬儀屋「揺れてない揺れてない」
信子「ええ」
薫　「揺れてない」

ペタ……ペタ…。

薫　「（信子に）何だよ」
信子「え？」
薫　「何で突っ立ってんだよ」
信子「何その言い方…」
葬儀屋「（信子に）どうかしました？」
信子「いや、ただゴキブリが…」
薫　「ゴキブリ!?」
信子「（健二に）あ、これ（ゴキジェット）、勝手に探しちゃいました」
健二「あ…」
薫　「ゴキブリって…。今、何月だと思ってんだよ」
信子「カラオケのレーザーディスクのあれを移動したら、その裏からノロノ口出てきたの」
薫　「今、三月だぞ」
信子　「そんな騒ぐほどのことじゃないんだけど、花屋の女の子が泣き出しちゃって…」
葬儀屋　「（舌打ちをして）あの女…（居間へ）」

ペタ…。

信子　「いやもう本当…。もうほとんど動かないんですけどね」
葬儀屋の声　「ちょっといいですかね」
信子　「あ、はい」

居間へ消えた信子と健二。

ペタ…。

丸山　「ゴキブリで泣く女か…」
薫　「丸ちゃんさ…」
丸山　「え？」

薫　「………」
丸山　「何」
薫　「一応…これは単なる忠告よ」
丸山　「何」
薫　「いやもうみんないい年だしさ…。その……大人だから色々あるってのは重々承知なつもりなんだけどさ…」
丸山　「うん…」
薫　「………」
丸山　「何だよ」
薫　「俺、見ちゃったんだよ。丸ちゃんと浩子さんが一緒に歩いてんの」
丸山　「………は？」
薫　「パルコの裏の方。いや、あの辺り美容院が多いからさ、ちょくちょく営業でまわってるんだけど」
丸山　「浩子さんって、健ちゃんの嫁のこと？」
薫　「うん、まぁ…」
丸山　「パルコの裏？　俺、あんな方…めったに行かないけどね」
薫　「あ、そうなんだ…」
丸山　「いや表の方はちょくちょく行くよ。俺、だいたいパルコで服買ってるから」

薫　「ああ…」

丸山　「パルコの裏？　いやぁ……わかんねぇな…」

薫　「うん…」

ペタ…。

丸山　「キタナラ（北習志野）とかなら行ったことあるよ、浩ちゃんと。もちろんあれだよ、あれ……全然二人とかじゃなくて、俺の後輩とかも一緒にね」

薫　「忍君？」

丸山　「（暑いのか、上着を脱ぎながら）いや箱崎。忍は今、木更津だから」

薫　「あ、そうなんだ…」

丸山　「木更津で今、左官屋のまねごとみたいなことしてるみたい」

薫　「へぇー…」

ペタ………ペタ…。

丸山「パルコの裏？」
薫「………」
丸山「え、それはいつの話？」
薫「いつっていうか………本当は三回ぐらい見かけてるんだけど」
丸山「………」
薫「なんか旅館みたいなラブホテルがあるじゃない？　旅館っていうか、なんか……和風っていうか…」
丸山「いや、よくわかんない…」
薫「そこから二人が出てきたんだよ」
丸山「えー!?」
薫「最初の一回は偶然見ちゃったんだけど、後の二回は、何ていうか……見張ってたっていうか…」
丸山「（苦笑しながら）何だそれ…」
薫「（暑いのか、上着を脱ぎながら）いや全然化粧品なんて売れねぇからさ、俺、だいたいあの辺に車停めてさぼってんだけどさ。悪趣味かもしれないけど、ラブホテルから出てくるカップルを観察するのが面白くてさ。いや本当……色んな人がいるから、実際」
丸山「そうなんだ…」

薫　「この前なんて明らかに七十超えた爺さんと婆さんがさ、こんな…手つないで白昼堂々ラブホテルに入って行くんだよ。俺、たまげちゃったよ」
丸山　「（苦笑）」
薫　「二回とも……水曜日だったよ」
丸山　「？」
薫　「いや丸ちゃんと浩子さん。二回とも水曜日の昼の一時ぐらい」
丸山　「………」
薫　「あれ、何？　もう習慣になってるってこと？」
丸山　「いやわかんない…」
薫　「わかんないってどういうこと？」
丸山　「だってパルコの裏だろ？　俺、めったに行かねぇぞ、あんな所」
薫　「でも見ちゃったもんは見ちゃったんだから」
丸山　「いやぁ…」

ペタ………ペタ…。

丸山　「パルコの裏？」
薫　「もういいよ」

丸山「………」

薫「いや別に俺は丸ちゃんを責めてる訳じゃないんだよ。俺だって男だから、そんな……浮気の一つや二つ…無いわけじゃないよ」

丸山「………」

薫「でもさ………健ちゃんの奥さんはマズイって…。いくら何でもそれはルール違反だって」

煙草に火をつける丸山、換気扇のもとへ。

薫「最初に言ったけど、これは単なる忠告だから。（丸山のいた席へ）今ならまだ引き返せるから。健ちゃんにバレないうちに早く足洗った方がいいと思うけど」

丸山「うーん…」

薫「丸ちゃん…」

丸山「いやでも俺、浩ちゃんと二人で会ったことなんてないからねぇ…。たいてい箱崎か忍と一緒だもん。だいたい浩ちゃんと会う時は三人とかで居酒屋で軽く飲んだりするだけだけどね…。それも二週間に一回とか三週間に一回だよ…」

薫　「………」

丸山　「ま、一回か二回はもしかしたら二人で飲んだことがあるかもしれないけど、でも俺、パルコの裏とかにはめったに行かないし、行ったとしても店の軽トラで通過するぐらいだからね…」

　　居間から戻ってきた健二。
　　ペタ…。

丸山　「キタナラになんか新しい居酒屋みたいのができてさ…」

薫　「うん…」

丸山　「そこの油揚げがめちゃくちゃ美味いんだよ。何だっけ、あの……とち……とち…」

健二　「栃尾？（雨漏りのバケツを持ち、勝手口へ）」

丸山　「あ、そう、栃尾。こんな分厚くてめちゃくちゃ美味いから。ネギとかのってて。よかったら今度行ってみな」

健二　「そんな暇ないよ…（バケツに溜まった水を外に捨てる）」

丸山　「忙しいもんな」

薫　「ゴキブリは？」

健二　「いや、発見できない（バケツを元の所に）」
　薫　「何それ…」
健二　「いや、確かにいたらしいんだけど、ちょっと目離した隙にいなくなっちゃったみたい」
　薫　「（舌打ちし）あの馬鹿…」
健二　「いや信子さんじゃなくて。花屋の女の子。今、みんなで捜索中」
　薫　「つまんないことで騒ぎやがって…」
健二　「でもお経唱えてる時に出てきちゃったりしたらね、それこそ本当…大騒ぎになっちゃうからさ。今のうちに殺しとかないとね」

（間違えて丸山の背広を手に取り）居間に去った薫。

健二　「あ、そうだ。思い出してよかった…」
丸山　「え？」
健二　「表の軽トラ、悪いけど移動しといてくんない？」
丸山　「あ…」
健二　「ほら、小田島さん。何か言われるとあれだからさ」
丸山　「ああ、了解了解。（勝手口へ）」

健二「何ならガチャガチャの所に停めちゃっても構わないから」
丸山「うん…（去った）」
健二「えーと…。俺は今、何をしようと思ってたんだっけ…」

ペタ………ペタ…。

健二「えー………俺は今、何をすればいいんだ？」

ペタ………ペタ…。

健二「あ、そうだ、アルバム…（のれんから出て、階段を上る）」

ペタ………ペタ…。
襖が、内側から叩かれる音――バン………バン………バン………バン…。
ペタ…。
勝手口から（小型のラジオを手に）現れた稔、手の匂いを嗅ぎ、流し台で手を洗い、タオルで拭いて、小型ラジオを手に襖を開ける。

稔「寝てる？」

ペタ…。

稔「いいもの見つけちゃった………ラジオ………カップメンの倉庫で発見した………まだ生きてるよ………雑音があった方が少しは気が楽だろ」

ペタ…。

稔「ここは静か過ぎるよ…（襖の中へ）」

階段から降りてきた健二、のれんから現れ、アルバムをテーブルに置き、開く。

ペタ………ペタ………ペタ…。

やがて襖から出てきた稔。

健二「勝手にウロチョロしないでくれよ」

稔「うん…」

健二「医者に安静にしてろって言われてんだから」

稔　「医者なんか呼んだのか」

健二　「あらゆる手を尽くした後にね。あんたが来る前にありとあらゆる手段は試みてるんです。でもダメだった。三日三晩一歩もあそこから出てきやしない。一言も喋らない。何も食べようとしない。無駄に死なすわけにはいかないからね。泣く泣く医者を呼ぶしかなかったんです」

稔　「あ、そう…」

健二　「もう……意味不明に喚《わめ》き散らす母親…羽交い絞めにして無理やり点滴うってもらって」

稔　「（苦笑）」

健二　「孫も怯えて寄りつきやしない」

稔　「何やってんの」

健二　「え？」

あごでアルバムを示す稔。

健二　「遺影の写真を選んでるの」

稔　「今さらか」

健二　「今さらだよ。葬儀屋にネチネチ嫌味言われてかなわないよ」

稔　「（苦笑）」

健二　「こっちは金払ってるっていうのに。何でいちいち上から目線なんだろうね…」

稔　「馬鹿なんだよ」

健二　「二言目には『こっちはプロですから』って。そりゃ向こうは人が死ぬなんて日常茶飯事かもしれないけど、こっちは何しろ初めてのことだからね。いちいち揚げ足取るようなことばかり言わないでもらいたいよ」

稔　「その写真がいいんじゃないか」

健二　「え？」

稔　「その、笑ってるやつ」

健二　「………歯が汚くてみっともないよ」

稔　「そうか？」

健二　「ガタガタで真っ黄色だよ」

苦笑した稔、煙草に火をつけ、バケツのもとへ。

ペタ………ペタ…。

健二　「言っておくけど、親父の生命保険なんて期待するなよ」

稔　「あ？」

健二　「そんなもの入ってないから、端から」

稔　「……」

健二　「二回もガンで入院してんだ。保険なんて契約できる訳ないんだよ」

稔　「うん…」

健二　「仮にね、医療保証が充実してる保険…例えば入院したら一日五千円みたいなのに契約できたとしてもね、月々一万五千円払わなくちゃならないの。だったら毎月貯金した方がいいに決まってるだろ？　つうかそんなんだったら俺に…自分自身にもっと実のある保険金を掛けるから。奥さんや子供のためにね」

稔　「うん…（シンクの方へ）」

健二　「ま、難しいことはよくわかんないだろうけど、後でグチャグチャ文句言われてもあれなんで一応説明しとくけど、親父が六十過ぎた時には、その手の生命保険は全部解約して、県民共済の老後医療の月々二千円のやつに切り替えたの。ま、そんな保険でも一応死亡した時には百万くらいは出るからさ」

稔　「ああ…」

健二　「でもそんなはした金、葬儀代で全部パーだけどね」

稔　「………」

健二「だから……親父が死んでも……一円の得もないよ。『そんな言い方するな』って言いたいんだろ？　『親父が死んで悲しくないのか』って？　悲しいよ。悲しいに決まってるじゃないか。でもね、そんな感情論語ってるほど暇じゃないんですよ、こっちは」

稔、健二の傍らへ。

健二「メロドラマを期待するなよ」

稔　「これは誰だ？」

健二「え？」

稔　「この女、俺さっき見たぞ」

健二「!?」

稔　「そこの勝手口の前に突っ立ってた」

健二「いつ」

稔　「誰なんだよ」

健二「いつ見たって聞いてんだよ」

稔　「俺が…ここに帰ってきた時…」

健二「………」
稔「お前のかみさん？」
うなずく健二。
稔「今、実家じゃねぇのかよ」
襖の奥から、何やらラジオの音が聞こえてくる。
二人「!?」
（例えば）志ん生の『火焔太鼓』…。
稔「ラジオ」
健二「………」
稔「何だかジジイがムニャムニャ喋ってるよ」
健二「………」

血相を変えた薫が居間から現れる。

二人「?」

薫「(稔に)返してくれ…」

稔「あ?」

唐突に稔に飛びかかった薫。

薫「(無様に稔の胸倉を摑みながら)お、お、お前に決まってるじゃないか!!!」

健二「何、どうしたの!?」

居間から現れた信子と葬儀屋。

健二「ちょっとやめなって!」

無様に倒れた薫と稔。

薫　「お、お、俺は殴るぞ!!!　お、お、俺はお前を殴るからな!!!」
信子　「ちょっとやめてよ!!」

薫、殴ろうとするが、その腕を稔に掴まれ、殴りたくても殴れない。
志ん生の落語の音量が徐々に大きくなる……。
ただひたすら無様な攻防が続く。

健二　「何なんだって聞いてるんだよ!!」
葬儀屋　「なんか財布が盗まれたって……」
健二　「え？」
葬儀屋　「ポケットの財布が誰かに盗まれたって……」
薫　「これは立派な重罪だぞ!!!　人の財布を盗んだら……これはもう立派な犯罪だからな!!!」

逃げようとした稔の背中の辺りを無様に殴った薫。

健二　「やめなって!!!（薫を後ろから抑える）」

もう泣きながら、それでも稔を殴ろうと暴れる薫。
どんどん音量が大きくなる志ん生の落語。

健二「（葬儀屋に）ちょっとあんたもボッとしてないで抑えて下さいよ‼」
葬儀屋「（逆ギレで）今、手首を脱臼してるんですよ」

勝手口から現れた丸山。

健二「（稔から剝がそうとして）薫さん‼……もうやめなさいって薫さん‼」
丸山「何どうしたの」
健二「知らないよ！」
信子「ちょっといい加減にしてよ!!!」

何とか薫を稔から剝がした健二。
ハアハアと荒い息の一同。

稔「うるせぇんだよ、クソババア!!!」

葬儀屋、襖の中に入り、ラジオを消し、静寂。
ペタ…………ペタ…。

健二「何なんだよ一体!!!」
薫「こいつが俺の財布を盗みやがった!!!」
稔「!?」
薫「俺は…………ここ（懐）のポケットに…………ダンヒルの…………ダンヒルの財布を入れといたんだけど…」
信子「気がついたらなくなってたんだって」
薫「さっきまではあったんだよ、確実に…………だって……お前に五千円札をな…」
信子「いや私は財布までは見てないけど…」
薫「財布がなきゃどうやって五千円札をテーブルに置けるんだよ!!!」

ペタ…。

健二「盗んだのかよ」
稔「あ？」

健二　「いやだから薫さんの財布」
薫　「ダンヒルだよ！　俺のダンヒルの財布返せよ!!!」

ペタ…。

丸山　「これのこと？（懐から財布を出す）」
他一同　「!?」
丸山　「いや、俺が盗んだわけじゃねぇよ」
薫　「じゃ何でお前が持ってんだよ!!」
丸山　「いやこれ……あんたのスーツだから」

ペタ…。

健二　「え？」
丸山　「薫さんが間違って俺のスーツ着てっちゃったんだよ。あの……ゴキブリ殺しに行った時…」
薫　「！」
丸山　「で、俺も気づかないで、ここにあったあんたのスーツをそのまま着ちゃって…」

ペタ…。

健二「薫さん…」
薫「え…?」
信子「『え?』じゃないでしょ……ねぇ……『え?』じゃないでしょ!!!」

ペタ…。
薫、改めて稔と向き合う。
見守るしかない他一同。
ペタ……ペタ…。

薫「俺は………俺はあやまらねぇぞ…」
他一同「!?」
薫「ヒトに疑われるような…お前自身に非があると俺は思ってるよ…」
信子「ちょっと何言ってんの…」
薫「馬鹿野郎! ここがアメリカだったら…こういう態度は当たり前のこ

とだぞ!!」
信子　「……え?」
薫　「仮に百ゼロで…明らかに俺が原因の交通事故でも、それでもあやまったら負けなんだよ!」
信子　「ちょっといい加減にしなさいよ!!」
薫　「お前にはわからないんだよ! 俺が…どういう気持ちで化粧品を売り歩いてるか……こんな…茶髪の…ヘラヘラした美容院の小便臭いあんちゃんに……俺がどういう気持ちで頭下げてるか……お前にわかるのか!!」
健二　「今そんな話関係ないじゃない…」
薫　「丸ちゃんならわかるよな? 丸ちゃんなら……俺の言ってること理解できるよな?」
丸山　「………まぁな」
健二　「何言ってんだよ…」
薫　「ほらな。(苦笑して、信子に) お前にはわからねぇだろ、こういう気持ち」
信子　「………」
薫　「そういう世界で戦ってるんだよ、俺たちは!!!!」

ペタ……ペタ…。

葬儀屋「ゴメンなさい。今、どういう状況なんですか」

苦笑して首をひねるしかない健二。

襖が、内側から叩かれる――バンッ。

他一同「!?」

バンッ…………バンッ…………バンッ…………バンッ…。

稔「ああ…………セックスしたい…」

暗転

二　ざわめき

夜。雨。下手側の居間では通夜振る舞いの最中のようで。

上手側の流し台の傍ら、包丁を手に佇む健二。

下手側、雨漏りのバケツの傍らに佇む稔。

そんな二人を固唾を呑んで見ているしかない（テーブル席の）薫、葬儀屋、（その周囲に佇む）信子、丸山。

ペタ……ペタ……ペタ……ペタ…。

稔　「遅いね、寿司屋」
薫　「？」
稔　「もう随分前に頼んだんだろ？」
薫　「うん…」

稔　「あそこの寿司、シャリがデカイんだよな。二、三個食っただけで、すぐお腹いっぱいになっちゃうよ」

丸山　「（苦笑）」

ペタ…。

薫　「健ちゃん、とりあえず……落ち着いて話そ」

健二　「うん…」

ペタ…………ペタ…。

薫　「それ（包丁）、危ないから…。とりあえず元に戻して…」

健二　「いや別にこれは………今、ソーセージの先っちょ…あれしてただけだから…」

薫　「うん…」

ペタ…。

健二「ちょっと小腹がすいたから……ちょっと食べようと思ったんだけど…」
　薫「うん…」
健二「歯でギリギリやっても全然切れないからさ………だから……包丁で先っちょをあれしようと思ったんだけど…」
丸山「うん…」

　ペタ…。

健二「（葬儀屋に）なんかすいませんね、打ち合わせの途中で…」
葬儀屋「あ、いや…」
健二「まだ大丈夫ですか、時間」
葬儀屋「……ま、明日も朝早いですしね」
健二「ええ…」
葬儀屋「まだ準備も諸々残ってますから…」
　薫「健ちゃん、とりあえず…それ置こう。危なくてしょうがないよ…」
健二「いやだから…」
信子「（稔に）どこに行ってたんですか？」
　稔「え？」

信子　「二時間も………勝手に奈美ちゃん連れて………こんな雨の中…」
稔　「………」
信子　「あと五分で見つからなかったら警察に電話しようって言ってたんですよ」
薫　「お前はいいよ…（黙ってろよ）」
信子　「だって……どれだけ心配したと思ってんですか？　もう……お通夜どころの話じゃないですよ、こっちは！」
薫　「信子」
信子　「ケータイにかけても繋がらないし…」
薫　「鞄に置きっ放しだもん」
信子　「着信見てみて下さいよ！　健二さん、何回電話したと思ってんですか？　十回や二十回じゃきかないですよ‼」
薫　「鞄でブルブル震えてたんだよ」
信子　「ちょっと黙っててよ！」
薫　「お前が首突っ込む話じゃねぇんだよ！」
信子　「………」
薫　「ここの家族の話じゃねぇか！　第三者が興味本位で首突っ込んだら話が余計にややこしくなるだけなんだよ！」

信子　「またそうやって逃げて…」
薫　「あ？」
信子　「自分に火の粉がかかるのが怖いだけでしょ、単純に」
薫　「………」
信子　「私は第三者なんかじゃないわよ。だって死ぬほど心配したもん。稔さんが連れてったんじゃなくて、例えば奈美ちゃんが勝手に出て行って、例えばジョンがそこにいないから奈美ちゃんが心配になってそこらを探し回ってるんじゃないかとか」
稔　「いや…」
信子　「（丸山に）だって奈美ちゃん、ジョンが大好きだったんでしょ？　そんな可能性だってなくはないじゃない？」
丸山　「うん…」
信子　「まだ五歳よ。しかもこんな雨の中…。探し回ってるうちに遠くに来すぎちゃって、帰れなくなって、どこかで一人でワンワン泣いてるんじゃないかとか…。自転車とか自動車とか……なんか事故に巻き込まれてたらどうしようって…」
薫　「もういいよ…」
信子　「変な…不審者みたいな人に連れ去られたらどうしようって…」

薫　「もういいから！」
信子　「私は死ぬほど怖かったの！」
薫　「……………」
信子　「こんな……第三者の私がこんなんで………お父さんの……健二さんがどういう気持ちだったか……あなたにわかりますか？」
稔　「……………」
信子　「あなたにわかりますか？」
薫　「もういい加減にしろよ‼」
信子　「……………」
薫　「（葬儀屋に）女はすぐ感情で喚《わめ》きやがる…」
葬儀屋　「（苦笑）」

強く薫を見る信子。

薫　「（煙草に火をつけ）……何だよ」
信子　「………」
薫　「文句があれば言えばいいじゃねぇか」
健二　「信子さん。悪いんだけど、奈美、もう一回見てきてもらっていい？」

信子「？」
健二「もし寒そうにしてたら電気の毛布出してあげて。普段は危ないから禁止にしてるんだけど」

信子、のれんの奥へ。

健二「押し入れの下の段にあるから」

階段を上って行った信子。
ペタ…。
煙草に火をつける稔。
（包丁を手にしたまま）稔に歩み寄る健二。

薫「健ちゃん…」
健二「（稔の傍らに立ち止まり）俺はね………子供のためだったら、これをあんたの腹に刺すぐらいのことはするよ」
稔「（苦笑）」
健二「いや冗談じゃなくて。冗談じゃなくて本当にするよ」

薫　「健ちゃん…」
健二「あ、ゴメン、換気扇の下で吸って」

薫、仕方なく換気扇の下へ。
ペタ………ペタ………ペタ…。

健二「何しに来たんだよ…」
稔「あ？」
健二「二〇年も音沙汰なしで……どこで何してたんだか知らないけど…」
稔「名古屋で期間工をしてるよ」
健二「あ？」
稔「トヨタの工場で。流れ作業でエンジンを担当してる」
健二「どうでもいいよ、そんなこと」
稔「………」
健二「どうでもいいよ、そんなこと!!」

ペタ………ペタ…。

健二　「そんなに親父が怖かったのか」
稔　「あ？」
健二　「だから帰って来れなかったんだろ、今の今まで」
稔　「（苦笑）」
健二　「（葬儀屋に）うちの親父はね、大陸の血が混ざってるから、まぁ……とにかく気が荒いんですよ」
葬儀屋　「あ、そうなんですか…」
健二　「カッとなったら相手がヤクザだろうが警察だろうが見境ないですからね」
葬儀屋　「（愛想笑い）」
健二　「（稔に）あんたもよく殴られたよな？　レジの金盗んでゲーセンで遊んでたら、案の定見つかって、その場で首根っこ摑まれて道端でボコボコだったもんな」
稔　「………」
健二　「何本歯が折れたんだっけ？」
薫　「親父さん、そんな風には見えなかったけどね」
健二　「もう何十年も前の話だよ。この店がまだ酒屋だった頃の話」
薫　「あ、そうなんだ…」

健二「で、この人も馬鹿だから、またオンナジことを繰り返すわけですよ。レジの金盗んで、見つかってボコボコにされて、またレジの金盗んで、見つかってボコボコにされて。もう永遠その繰り返しですよ」

稔「………」

健二「で、またレジから金盗んで、今度はボコボコにされたくないもんだから、今度はもう見つかりたくなかったもんだから、そのままこの町出てっちゃって…。そのまま今の今までずっと雲隠れですよ」

稔「年賀状は出してたじゃないか」

健二「もうこういう会話したくねぇんだよ。もう完全なオッサンだよ俺たち。もう…こういう会話してるだけでケツの穴の奥がムズムズしてくるんだよ」

稔「(笑う)」

健二「笑ってんじゃねぇよ‼」

ペタ………ペタ…。

健二「ま、いいや。とにかく……今は俺には俺の家庭があるし、あんたはあんたで……あんたの生活があるんだろうから。もうお互い干渉し合わないで、ま……各々ちゃんと生きていきましょうよ」
稔　「うん…」

ペタ………ペタ…。

健二「もう帰ってくんねぇかな…」
稔　「?」
健二「俺、忙しいんだよ…」
稔　「これ一本吸ったら帰るよ」
健二「………」
稔　「いや本当……これ一本吸ったら帰るから」

ペタ…。

丸山「結局…どこに行ってたの」
稔　「あ?」
丸山「いや、奈美ちゃん連れて」
稔　「どこって…。ただその辺を散歩だよ」

丸山「散歩?」
稔「あの子が散歩に行きたいって言い出したんだぜ」
健二「え…?」
稔「いや坊主が向こうでお経唱えてる時、俺、こっちでずっとビール飲んでたでしょ?」
葬儀屋「あ、そうなんですか…」
稔「そしたら…お前んとこのガキが上から降りてきて、『お外に行きたい』って。『お外を散歩したい』って」
薫「奈美ちゃんが?」
稔「うん」

ペタ…。

丸山「で?」
稔「いや俺、面倒臭いから、『嫌だよ』って言ったの。『雨ザーザーだよ』って言ったの」
丸山「うん」
稔「それでも俺の手、引っ張って、『行きたい行きたい』ってごねるから

健二　さ…」
稔　「………」
　「あ、何ならお袋に聴いてもらってもいいよ。（その場から襖の方に）なぁ。お袋ずっと聞いてたよな？　あのガキがワーワー喚《わめ》いてたんだよな？」

無反応の襖の奥。

稔　「無視か。役に立たねぇババアだよ」
薫　「おい…」
稔　「あ？」
健二　「で、二時間ほっつき歩いてたのか」
稔　「ほっつき歩いてたっていうか…。なんか……駅に行って、ずっと電車見てたり……神社に行って、階段を登ったり降りたり……ワイショップ行って、カレーパンを二人で食べたり…」
丸山　「（苦笑）」
稔　「ただそれだけのことだよ。一言も口きいてねぇけどな」
健二　「え…？」

稔　「いや初対面だし……たいして話すこともねぇからさ。二時間ずっと黙って二人でブラブラしてただけだよ。ただそれだけのことだよ」

ペタ…。

稔、煙草をバケツに捨て、のれんの奥へ。

健二　「どこ行くんだよ」
稔　「ウンコ。腹冷えちゃった…（去った）」
健二　「親父にちゃんと手合わせてから帰れよ」

無反応ののれんの奥。

ペタ……ペタ…。

薫　「とにかく、まぁ……奈美ちゃん無事でよかったじゃない」
健二　「………」
薫　「稔君だって、悪気があったわけじゃないんだから」
健二　「悪いけど……俺はそんな風には割り切れないよ」
薫　「健ちゃん…」

葬儀屋「（懐の携帯電話が震えたようで、出て）あ、もしもし――もしもーし――うん、まだ大場家――そうね、その方が無難だね――いや、その方が賢い選択だねって――（笑って）そこがお前の腕の見せ所だろ――（さらに笑って）うん――うん、二十一時には戻れると思う――うん、最悪二十二時――もしあれだったら遠藤にやらせといて――はいはーい――はーい、お疲れさーん…（切った）」

健二「（葬儀屋の『うん、まだ大場家』の後ぐらいから）一言声かけてくれればいいだけのことじゃない…。目と鼻の先にいたんだから。何でそんな簡単なことができないのかな、あの人は…」

丸山「今に始まったことじゃねぇべ」

健二「いやそうなんだけど…」

薫「丸ちゃんの言う通りかもしんねぇな…」

丸山「え?」

薫「いや、犬殺しちゃったの…」

丸山「俺、そんなこと言ったっけ?」

薫「言ったじゃない、稔君が犯人だって…」

丸山「言ってねぇよ、そんなこと」

薫「言ったって。汚いよ、丸ちゃん…（卑屈に笑う）」

健二、冷蔵庫から取り出した牛乳をコップに注ぎ、飲んでいる（飲み終えたら、流し台で洗う）。

丸山「（葬儀屋に）通夜振る舞いってのは、だいたい何時間ぐらいが相場なの？」

葬儀屋「いや、それは人それぞれですけど。まだ始まったばっかりですからね…」

健二「あ、ゴメン、全然忘れてた…」

薫「（大丈夫だよ、向こうの連中は）勝手に飲んでるよ」

葬儀屋「一応これも大事な儀式ですから」

健二「あ…」

葬儀屋「もしかしたら、これが一番の故人へ供養かもしれませんしね」

薫「何でもいいから理由つけて飲みたいだけなんだよ、あいつらは」

葬儀屋「（苦笑）」

薫「故人なんかそっちのけで、ただヒトの悪口言ってるだけだもん」

健二「（丸山に）悪い、もう少しでお寿司来るから」

丸山「（居間へ行きながら）遅いな」

薫「（居間へ行きながら舌打ちして）吾妻のジジィが面倒クセェんだよ…」
健二「申し訳ない。こっちも明日の打ち合わせ終わったらすぐ行くから」

去った薫と丸山。

健二「（寿司屋に電話して）あ、もしもし――もしもし、大場ですけど――大場ですけど――いやさっきも『今、出ます』って言ってたんですけどね――もしもし――いやさっきも『今、出たところです』って言ってましたけど――もうあれから四〇分ぐらい経ってるんですけど――もしもし――もしもし――大場です――大場――一丁目です――一丁目です――はい――はい、お願いします。（切った）」
葬儀屋「（苦笑）」
健二「何丁目の大場に行ってんだよ…」
葬儀屋「オードブルみたいのは出てるんですよね」
健二「あ、ええ…。なんか……ハムみたいな…」
葬儀屋「ええ…」

ペタ……ペタ…。

葬儀屋　「大丈夫ですか」

健二　「あ、はい……。すいません、本当……お恥ずかしい所ばかりお見せして…」

葬儀屋　「いえいえいえいえ。こちらも一応プロですから、ま……色々見てきてますから（煙草に火をつける）」

健二　「あ、そうですか…」

葬儀屋　「こう見えて、けっこうハードなんですよ、この仕事も」

健二　「ええ…」

葬儀屋　「もう『これが人間なのか』っていうご遺体なんかも稀ではないですね」

健二　「ああ…（換気扇の下にあった灰皿を葬儀屋のもとへ）」

葬儀屋　「もう…腐敗しちゃって、体内にガスが溜まっちゃって、こんな…ボールみたいに膨れ上がったご遺体ですとか…」

健二　「うわー…」

葬儀屋　「ウジ虫に半分くらい体を食べられてしまったご遺体ですとか、飛び降りなんか酷いものですよ。頭が潰れて脳みそが飛び出しちゃってますからね」

健二　「あららららら…」

葬儀屋「ま、こういう仕事ですからね。必ず通る道ですよ。プロとして毅然とした態度で…どんなご遺体であっても同じように向き合いますけどね」
健二「はぁー…」
葬儀屋「誰かがやらなければならないわけですからね」
健二「ええ…」

のれんの奥から現れた稔（雨漏りのバケツの所に行き、煙草を吸う）。

葬儀屋「病院からの搬送、打ち合わせ、通夜と葬儀、告別式の進行、自宅までの送りと、まぁ、全て自分で担当して、延べ四日に渡るお付き合いを滞りなく終わらすことができた時、こう…自分の描いていたシナリオ通りにことが運んだ時、そして最後に喪主と、そのご家族に最敬礼で見送られた時、何ていうんですかね……こう……思わずガッツポーズですよね、やっぱり」
健二「ああ…」
葬儀屋「若い社員なんて、自分の親と同じくらいの人達から深々と頭を下げられるわけですから。こんな経験なかなか味わえませんよ」
健二「ええ…」

葬儀屋　「ええ」

ペタ…。

健二　「なぁ…」
稔　「これ一本吸ったら帰るから」
健二　「………」
葬儀屋　「明日の進行ですけどね…」
健二　「え？　ああ…ゴメンなさい…」
葬儀屋　「（進行表を提示しながら）一応このようにまとめておきましたので、何かご不明な点がございましたら遠慮なく聞いて下さい」
健二　「あ、はい。（進行表を見て）ああ…有難うございます」
葬儀屋　「弔電の順番なんかはどうしましょうかね」
健二　「ああ……そうですよね…」
薫　「（居間から現れ）健ちゃん…」
健二　「え？」
葬儀屋　「届いた数にもよりますけど、全部読み上げるのは時間的にちょっと無理なので…」

薫「健ちゃん…」
健二「何」
薫「出ちゃったよ」
健二「え？」
薫「いやゴキブリゴキブリ」
健二「どこに」
薫「祭壇。白い布だから目立っちゃってさ」
健二「いや悪いけど、今打ち合わせ中だからさ」
薫「丸ちゃんの奥さんが発狂しちゃってさ…」
健二「え？」
薫「丸ちゃんの奥さん。『殺さないでくれ殺さないでくれ！』って馬鹿みたいに泣きじゃくっちゃってさ…」
葬儀屋「（苦笑して）どういうことですか？」
健二「え、だって丸ちゃん、いるんでしょ、そっちに」
薫「それがもう…にっちもさっちもいかないんだよ」
健二「だって（たかが）ゴキブリでしょ？」
薫「もう半分死んでるようなもんなんだよ。だってフッて息吹きかけてもピクリともしないいんだもん」

健二「どうしろっての俺に…」
薫「いや吾妻の爺さんが喪主を呼べって喚《わめ》いてんだよ。もう泥酔だよ」
健二「（深い溜息）」

薫、のれんの方へ。

健二「え、どこ行くの」
薫「悪い。ちょっと腹冷えちゃって…（去った）」
健二「（葬儀屋に）ちょっとすいません。ちょっと…（居間を示す）」
葬儀屋「あ、行きましょうか？」
健二「あ、大丈夫です大丈夫です。本当すいません、すぐ戻りますんで…（居間に去った）」
葬儀屋「………」

ペタ…。
葬儀屋、稔と目が合い、愛想笑いで小さく会釈。
ペタ………ペタ…。
稔、葬儀屋に近付く。

ペタ……ペタ……………ペタ…。

葬儀屋「何でしょう」
稔「（ポケットから古びたカセットテープを取り出し）いやお通夜の時さ、暇だったからこの家を探検してたらさ、納戸の中からお宝発見」
葬儀屋「はい？」
稔「『マイベストコレクション』だって。俺のだわ、これ」
葬儀屋「あ、そうなんですか」
稔「うん…」

ペタ………ペタ…………ペタ…。
やがて襖の奥に姿を消した稔。

葬儀屋「…………」

やがて、松田聖子の『白いパラソル』が聞こえてきた。

葬儀屋「!?」

松田聖子の歌声「お願いよ……正直な……気持ちだけ聞かせて…」
稔の声「懐かしいね」
葬儀屋「（苦笑）」
松田聖子の歌声「髪にジャスミンの花……夏のシャワー浴びて…」

次のフレーズから歌いだした稔。

稔の歌声「青空は……エメラルド……あなたから誘って……素知らぬ顔はないわ……あやふやな人ね」

のれんから現れた薫、その歌声に足を止める。

稔の歌声「渚に白いパラソル……心は砂時計よ……あなたを知りたい……愛の予感…」

薫、襖を開け、中に入って音楽を止めた。
ペタ…。

薫の声　「健ちゃんに見つかったら本当……今度こそ本当にぶっ殺されるぞ」

ペタ……ペタ…。

薫の声　「もうこれ以上波風立てないでくれよ」

葬儀屋、携帯電話を取り出し、何やらメールをうち始める。

薫の声　「みんなただでさえ疲れてんだよ。家庭とか仕事とか……みんな色々大変なんだよ」
稔の声　「………」
薫の声　「もうこれ以上疲れたくないの、俺は。もう……本当勘弁してくれよ」
稔の声　「お袋をまたぐなよ」

襖から現れた薫。
メールをうちながら煙草に火をつける葬儀屋。

薫　「一応、ここは禁煙なんですけどね…」

葬儀屋「はい？」
薫「………」
葬儀屋「え、でも……皆さん吸ってますよね」
薫「吸ってますけど…。みんなは……あれ………一応心の中では遠慮して吸ってますから…」
葬儀屋「……ゴメンなさい、どういう意味ですか？」
薫「いや、心の中では……申し訳ないと思いながら煙草を吸ってるんですよ」
葬儀屋「………」
薫「いや別に葬儀屋さんを責めてるとか…そういうあれじゃなくて、何ていうか……健ちゃんの…喪主の奥さんが煙草が嫌いなものですから…あれ……あんまりみんなで吸っちゃうとあれかなぁと思って…」
葬儀屋「ああ…」
薫「その…何ていうか………みんなで協力して………少しでも本数を減らしていければなぁと思って…」
葬儀屋「（煙草を消しながら）どうもすいませんでした」
薫「いえいえいえ…だから…………すいません、変なこと言っちゃって…」
葬儀屋「いえいえいえいえいえ」

薫　「すいませんでした」
葬儀屋「問題ないです問題ないです」
薫　「（苦笑）」

ペタ…。

薫　「信子！……信子！……アイツいつまで油売ってんだよ…」
葬儀屋「具合、どんな感じですか」
薫　「はい？」
葬儀屋「いや…（襖を示す）」
薫　「あ…。全然変わらないです」
葬儀屋「あ、そうですか」
薫　「ええ…」
葬儀屋「せめて…御飯ぐらいは食べて欲しいですよね」
薫　「はい…」
葬儀屋「心配ですよね」
薫　「ええ…」

ペタ……ペタ……ペタ…。

葬儀屋　「（所在なく佇む薫を見て）どうされたんですか」
薫　「え？　ああ…いや、ちょっとトイレが…」
葬儀屋　「？」
薫　「誰か今、入ってるみたいで。順番待ちです…」
葬儀屋　「ああ…」

煙草に火をつける薫。

葬儀屋　「……」

薫、仕方なく換気扇を作動し、葬儀屋のもとにあった灰皿を遠慮がちに換気扇のもとへ。
のれんの奥から現れた信子。
ペタ…。

薫　「お前、今ウンコしてた？」

信子「え？」
薫「便所に入ってたかって」
信子「入ってないけど」
薫「うん…」

ペタ……ペタ…。

薫「何だよ」
信子「（外を示して）ちょっといい」
薫「何」
信子「いやいいから。ちょっと」
薫「俺、今忙しいんだよ」
信子「忙しいって…。ただ煙草吸ってるだけじゃない」
薫「ただ煙草を吸ってるわけじゃねぇよ」
信子「え？」
薫「色々……考えながら吸ってるんだよ」
信子「何それ」
葬儀屋「席、外しましょうか？」

薫　「いやいや大丈夫です大丈夫です」
信子　「（ほぼ同時に）すいませんけど…」

葬儀屋、席を立ち、居間の方へ。

薫　「いや本当、全然大丈夫ですよ」
葬儀屋　「ちょっと向こうも気になるもんで…（去った）」

ペタ………ペタ…。

薫　「何だよ。犬を殺した犯人でもわかったのか」
信子　「やっぱり……別れることにしよう」

ペタ…。

薫　「あ？」
信子　「いや今に始まった話じゃないけど……やっぱり……別れることにしよう」

薫　「何で今そんな話すんだよ」
信子　「………」
薫　「そんな話、帰ってからでいいじゃねぇか」
信子　「………」
薫　「今どういう席かわかってんのか、お前」
信子　「わかってるよ。わかってるけど………今言わないとダメだと思ったから」
薫　「(苦笑)」
信子　「家に帰ってからだと、また決心鈍っちゃって………またズルズルおんなじこと繰り返しちゃうと思って…」
薫　「そんな決心なら……それだけのものなんだよ…」
信子　「………」
薫　「そんな……若い恋人同士じゃねぇんだから。今さら別れるもクソもねぇだろ」
信子　「………」

ペタ………ペタ…。

薫　「何で今そんな話するかなぁ…」

居間から現れた葬儀屋。

薫　「!?」

葬儀屋　「あ、ゴメンなさい。ケータイ忘れちゃって」

薫　「あ…。スマートフォン?」

葬儀屋、テーブルの上の携帯電話を取って、居間へ。

薫　「俺もぼちぼち買い換えなくちゃいけないかなぁと思ってんだけど。どう、スマートフォンは?」

葬儀屋は去ったようで無反応の居間。

薫　「でも、ま、いいよな、うちは。うちにパソコンあるしな」

信子　「(ぼそっと)もうダメだわ…」

薫　「え?」

信子　「………もうダメだわ…」

　　ペタ…。

薫　「何が」
信子　「全部が」
薫　「？」
信子　「全部がもうダメ」

　　ペタ………ペタ…。

薫　「他に好きな人でもできたのか」
信子　「……は？」
薫　「丸ちゃんがよくスナックで言ってるよ。女が別れを切り出す時は、大抵その時点で新しい男がデキてるって」
信子　「………」
薫　「どうなんだよ」
信子　「馬鹿じゃないの」

薫　「……あ？」
信子　「デブとハゲで何言ってんのよ」
薫　「………」
信子　「デブとハゲで何言ってんのよ!!!」

ペタ…。

薫　「うるせぇよ…」
信子　「理由なんか特にないわよ。もう…全部が嫌なの。今までの蓄積してきた…もう…全部に絶えられないの私は」
薫　「それを言ったらこっちだってオンナジだよ」
信子　「………」
薫　「なに今さら…鬼の首とったみたいに、そんなありきたりなこと言ってんだ、馬鹿。そんなんで別れたいって言ったら、日本中の…地球中の夫婦、全部別れなくちゃならないぞ。そこらのＯＬみたいなこと言ってんな、馬鹿」
信子　「………」
薫　「俺だって我慢して暮らしてんだよ」

信子、のれんの奥へ。

薫「俺は別れないからな。俺は絶対に別れないからな」

階段を上って行った信子。

ペタ……ペタ…。

稔の声「(襖を少しだけ開け) ここいらはね…」

薫「!?」

稔の声「特にこの一丁目の界隈はね、昔、『船橋のチベット』って言われてたらしいんだよ」

薫「船橋のチベット?」

稔の声「ま、それだけ発展途上の町だって、ま、馬鹿にされてたんだろうけど」

薫「ああ… (冷蔵庫から牛乳を取り出し、グラスに注いで飲む)」

稔の声「俺がまだ小学校の頃はさ、まだ道路も全然舗装なんてされてなくてさ、本当……もう全部ジャリ道でさ…」

薫「(空返事で) うん」

稔の声　「水道なんかもなかったらしいよ。弟が小学校あがる時ぐらいまで、まだ井戸水だったんじゃないかな…」
薫　「そうだっけ…？」
稔の声　「俺、覚えてるもん。夏、冷たくて、冬、あったかいんだよ。そう考えると凄いよな、井戸水」
薫　「（空返事で）うん」

居間から戻ってきた葬儀屋、もとの席へ。

稔の声　「そこら中、ドブだらけだったろ。むき出しのドブ。こんな…二、三〇センチのミミズがうようよいてな。ボウフラの天国だからとにかく蚊が多くてな。夜は蚊帳吊って寝てたもんな」
薫　「どうですか、向こうは」

『ダメダメ』といった感じで首を振る葬儀屋。

稔の声　「水洗トイレなんてありゃしない。そういう物があるんだって知識すらなかったよ、子供の頃の俺は。だからボットン便所が普通でさ。いや普通っていったって喜んで使ってたわけじゃなくて。だって匂いが強烈だもんな。雨がいっぱい降った日なんてたまったもんじゃないよ。もうどんどんボットンの中のウンコやションベンが上がってきてさ、あと何時間か雨が降り続いたら便器から溢れ出ちゃうんじゃないかって、俺、本当に心配したもん」

葬儀屋「これは何の話題ですか」

薫「意味ない意味ない」

稔の声「母親の生理も丸わかりでな。いや、今だからわかることよ。当時は何のことだかさっぱりわからなくてさ。俺、誰かが血吐いたのかと思って、こりゃ大変だと思って、お母さんに慌てて報告したよ。誰かが便所で血吐いたって。母親からすればたまったもんじゃないよな。プライベートも何もありゃしない。家族みんなのウンコとションベンと血がドロドロに入り混じって、本当……今でも覚えてるよ、その強烈な匂いを」

薫「酔っ払ってるの？」

ペタ……ペタ……。

稔の声「親父がね、この町をつくったんだよ」

薫「……え？」

稔の声「親父がこの町を先進国にしたんだよ」

薫「（苦笑しながら）チベットから？」

稔の声「そこらの下水なんかの整備を全部親父たちがやったんだよ。ゼロからだぞ。ゼロからみんなで……いわゆる有志たちが集まって、自分達で金出しあって、そんでドブを整備して、ボットン便所を排除して、どこもかしこも水洗便所に移り変わって、そんでようやくまともな町になったというわけだよ」

薫「へぇー…」

稔の声「いつまでたっても国も市も、見て見ないふりだからな。だから近所のオッサン連中は、自ら立ち上がるしかなかったんだ。凄いよな…」

薫「うん…」

稔の声「考えたら当時の親父はまだ三十代だぞ。今の俺たちより年下だぞ。本当に……本当に凄いよ」

薫「だからどうしたんだよ」

稔の声「いや、さっきここのガキと町歩いてたらさ、なんか親父が酔っ払う度に自慢してたなぁって思い出してさ。その頃そんな話聞かされても

『へぇー』ってなもんで何にも思わなかったけど、さすがにこの年になると、その凄さがわかるよな」

薫「………」

稔の声「いやだから………ただそれだけの話」

薫「うん…」

稔の声「ただそれだけの話だよ（襖を閉めた）」

ペタ………ペタ………ペタ…。

薫「親父さんの顔見てきたら？　まだ見てないんだろ？　思ってたより優しい顔だったよ」

ペタ…。

居間から姿を現わした丸山、のれんの方へ。

薫「トイレ？」

丸山「うん」

薫「誰か入ってる。（己を示して）順番待ち順番待ち」

丸山　「マジで!?」

薫　「俺、一番。丸ちゃん、二番」

煙草に火をつける丸山。

葬儀屋をチラと見る薫。

葬儀屋、再び携帯電話を取り出し、メールをうち始める。

丸山　「薫さん、どっち？」

薫　「え？」

丸山　「大きい方？　小さい方？」

薫　「いや、大きい方」

丸山　「マジかよ」

薫　「丸ちゃんも？」

丸山　「いや俺はどっちもヤバイっす」

薫　「(笑う)」

丸山　「交換してくんない？」

薫　「？」

丸山　「いや順番」

薫　「嫌だよ…」
丸山　「いや俺、本当にヤバイんすよ」
薫　「俺だって…こう見えてけっこうヤバイから」
丸山　「またまたまたまた」
薫　「（つい声を荒げ）いや本当……俺だってけっこうヤバイんだって」

ペタ……ペタ…。

丸山　「一回家に帰ろうかな…」
薫　「ウンコのために？」
丸山　「………」
薫　「ウンコのために？」
丸山　「あんまりウンコウンコ言わないでくれない？　今、一生懸命違うこと考えてごまかしてるんだから」
薫　「（笑って）ウンコとチンコとマンコの話ばっかりだな、俺たちは」
丸山　「え？」
薫　「そんな話しかできねぇのかな、俺たちは」
丸山　「（笑う）」

葬儀屋「自殺らしいですよ」
　薫「え？」
葬儀屋「いやご主人の死因。自殺だそうです」

ペタ…。

　薫「何だよ、やぶからぼうに」
葬儀屋「いや、喪主の大場さんからは口止めされてたんですけど、なんか……
皆さんたちを見てたら、どうにも我慢できなくて」

襖から現れた稔。

　薫「それは……どういう意味ですか」
葬儀屋「いや、すいません、あくまで私のエゴなんですど。これは伝えておい
た方がいいかなぁと思いまして」
丸山「なんで」
葬儀屋「………」
丸山「なんで」

葬儀屋　「そこの倉庫で首を吊ったそうです。そこの……カップメンの倉庫」
二人　「⁉」
葬儀屋　「若いアルバイトの女の子が発見したらしいんですけど…」

ペタ…。

葬儀屋　「ポケットに、遺書が入ってたみたいです。ま、遺書っていっても、なんか……捨ててあったスーパーのレシートの裏にミミズみたいな字で、ただ『申し訳ない』って…」

ペタ…。

葬儀屋　「晩年は、ガンの転移が酷かったらしいですから、ま、そういった心労やら自責の念みたいなもので、どんどん追い込まれちゃったんじゃないですかね」
稔　「もういいよ」
葬儀屋　「？」
稔　「弟は……みんなに言わないように口止めしてたんですよね？」

葬儀屋「いやそうかもしれないですけど…」
稔「いやだから……聞かなかったことにしておきますから」

ペタ…。

嘲笑する葬儀屋。

稔「あんたの正義なんてどうでもいいんですよ。弟が隠したいんなら……俺たちは知らないふりをしといた方がいいんですよ。それが逃げてるっていうんなら、もうそれでいいですよ。逃げるが勝ちですよ。（丸山に）なぁ」
丸山「え？」
稔「俺は……ずっと……そういう男ですから…」

煙草に火をつける葬儀屋。

薫「（つい声を荒げ）煙草はこっちで吸ってくれよ!!!」
葬儀屋「!?」
薫「………」

葬儀屋、換気扇のもとへ。
ペタ……ペタ……ペタ…。

薫　「全然出てこねぇな、便所…」
丸山「いくらで順番変わってくれる?」
薫　「え?」
丸山「いや便所」
薫　「金?」
丸山「いや例えばの話」
薫　「そこまでヤバイの?」
丸山「だからヤバイって言ってるじゃん、さっきから」
薫　「じゃあね、うーん……一万円」
丸山「ふざけんなよ」
薫　「ふざけてないよ。それぐらいもらわなきゃ変われないよ、順番は」
丸山「一万は高過ぎるべ」
薫　「だって五百円とか千円だったら、スッて渡すでしょ、丸ちゃん」
丸山「うーん…」

薫　「それじゃ取り引きにならないじゃない」
丸山　「いやそうかもしんないけど…」
薫　「こちらが譲歩するんだったら、そっちだってそれなりの痛みが伴わないと」
丸山　「今、ウンコの話だよ」
薫　「ウンコだって何だって取り引きは取り引きだよ」

ペタ………ペタ…。

丸山　「でも一万はどう考えても高過ぎるって」
薫　「うん、ならこの話はこれでおしまいだよ」
丸山　「薫さん…」
薫　「その一万が高いか安いかは、あくまで丸ちゃん自身の判断だから。だから丸ちゃんが高いと感じたなら、それはそれまでのことだって話じゃない」
丸山　「………」
薫　「丸ちゃんがウンコをしたい気持ちってのは、それだけのもんなんですよ」

ペタ……ペタ…。

財布を出した丸山、中から一万円札を取り出し、薫に差し出す。

薫　「え、何…」

丸山「いや一万、出すよ」

薫　「え…?」

丸山「いや取り引きだよ。一万出すから順番代わってくれよ」

薫　「(苦笑して)何言ってんのよ…」

丸山「いいから。受け取れよ」

薫　「いや冗談だよ、冗談」

丸山「……」

薫　「ウンコで一万なんか受け取れるかよ…」

丸山「……」

薫　「(声を荒げて)ウンコなんかで一万受け取れねぇよ!!」

葬儀屋「!?」

ペタ……ペタ…。

丸山、一万円札を財布に戻す。

薫　「今、恐ろしくどうでもいい会話をしてるよ、俺たちは」

丸山　「………」

薫　「何もかもが……恐ろしくどうでもいい話だよ…」

ペタ………ペタ…。

葬儀屋　「二階とかにトイレはないんですか?」

薫　「………ないんですよ」

葬儀屋　「あ、そうですか…」

ペタ…。

葬儀屋　「お店とかにも…」

薫　「ないんです。従業員も家族もみんなあそこのトイレを使うんです。一つしかないんですよ、トイレは」

葬儀屋　「ああ…」

薫　「雑なんですよ、ここの家族は」

ペタ……………ペタ…。

丸山　「パルコ…」
薫　「え？」
丸山　「ポスト…………カマキリ…………セブンイレブン…」
薫　「(葬儀屋に) 現実逃避…」
葬儀屋　「ああ…」
丸山　「洗濯機…………電子レンジ…………冷蔵庫…………メッシ…」
薫　「メッシ？」
丸山　「サイダー…………テニス…………軟式テニス…」
薫　「(苦笑)」
丸山　「沖縄…………ハワイ…………グアム…………メッシ…」
薫　「メッシ好きだね」
丸山　「メッシ…………本田…………名波…………名波…………名波
…」
薫　「やっぱ丸ちゃん一番でいいよ。俺、今ちょっと波が引いてきたから」

丸山　「ラピュタ……………トトロ……………スーパードライ…」

薫　「丸ちゃん…」

居間から現れた健二。

丸山　「スーパードライ…………スーパードライ…………スーパードライ…………スーパードライ…………スーパードライ…（泣き出した）」

ペタ………ペタ…。

薫　「どうしたの、丸ちゃん…」

丸山　「………」

薫　「なに泣いてんの、丸ちゃん…」

丸山、堪えて堪えても涙が止まらない。

葬儀屋　「別におかしいことじゃないじゃないですか」

健二　「？」

葬儀屋　「こういう席なんですから。当たり前といえば当たり前の話ですよ」
健二　「ええ…」
葬儀屋　「（丸山のもとへ行き）丸山さん。泣いてもいいんですよ。それも供養の一つです。思う存分に泣いたらいいんですよ。故人も雲の上で喜んでますから。『ああ、俺はそれだけ思われてたんだな』って。『俺はそれだけみんなに愛されてたんだな』って」

静かに泣き続ける丸山。

稔　「（健二に）ゴキブリは？」
健二　「え？」
稔　「結局どうしたの」
健二　「うん…。いや、やっぱり殺すわけにはいかなかったから、その……新聞のチラシでこうやってすくって……窓から外に捨てた」
稔　「うん…」
健二　「ま、結局こんな雨だから…」
薫　「もともと死んでたようなもんだから」
健二　「ま、そうなんだけど…」

ペタ……ペタ…。

健二「（寿司屋に電話をかけて）あ、もしもし——もしもし——大場ですけど——大場ですけど——いや代わらなくていいですよ——代わらなくてもいいですから…（薫に苦笑しながら『ダメだこりゃ』といった感じで首をひねるしかない）」

薫「（苦笑して）お寿司？」

健二「あ、もしもし——大場ですけど——大場ですけど——いや、それさっきも言いましたよね——いやそれさっきも言ったじゃないですか——いやそれはそっちの都合ですよね——それはそちらの都合じゃないですか——いや——なら始めから言って下さいよ。そしたら最初から他の店に頼んでますから——じゃもういいですよ、キャンセルして下さい——他の店に頼みますから。すいませんけどキャンセルにさせて下さい——いや『もう出た』って何時間待てばいいんですか——いや知りませんよ——いや知りませんから、すいませんけど。（電話を切った）」

ペタ……ペタ…。

健二　「（つい声を荒げ）何時間待たせりゃ気が済むんだよ‼」

ペタ…。

健二　「『もう出た』『もう出た』って…。文房具屋の隣の寿司屋だよ。そんなもん…普通に歩いたら一五分かそこらでしょ？　どんだけゆっくり歩いてこっちに向かってんだよ」

葬儀屋　「（苦笑）」

健二　「ネタがカピカピになって食えるわけねぇだろ、そんな寿司。馬鹿にすんのもいい加減にしろってんだよ」

丸山　「犯人だった…」

薫　「……え？」

丸山　「犬を殺したのは…」

健二　「丸ちゃん…（言わなくていい）」

丸山　「うちのかみさんが……犯人だった…」

ペタ……ペタ…。

葬儀屋「え、どういうことですか」
健二「奥さんが……自分で自白したんですよ」
葬儀屋「……え？」
健二「向こうで泣きじゃくって……自分が犬を殺したって…」

ペタ……ペタ…。

葬儀屋「なんでまた…」
薫「やっぱりホウ酸団子だって？」
健二「いや、それはまだ…」
薫「泡吹いてたからな…。多分ホウ酸団子だよな…」
健二「うーん…」

ペタ…。

葬儀屋「え、なんでまたそんなこと…」
丸山「健ちゃんさ…」

健二「え…？」

ペタ………ペタ…。

丸山「俺さ………浩ちゃんとさ…」
薫「（とがめて）丸ちゃん…」
健二「頼むから…」
丸山「？」
健二「頼むから………もうそれ以上何も言わないでくれ」
丸山「………」
健二「情けないけど………もう俺、限界だよ………ズルイと思われるかもしれないけど………もうパンク寸前だから…」
丸山「………」
健二「みんな各々呑み込んでくれ………それで明日も………どうでもいい話で………みんなが笑えるなら………俺はその方がいいと思ってるよ…」
他一同「………」
健二「もう限界だよ…」

ふと襖の奥から松田聖子の『白いパラソル』。

一同　「!?」
健二　「(イントロの最中) 何これ…」
稔　「マイベスト…」
健二　「……は?」
松田聖子の歌声　「お願いよ……正直な……気持ちだけ聞かせて…」
健二　「(その場から母をとがめて) お母さん…」
松田聖子の歌声　「髪にジャスミンの花……夏のシャワー浴びて…」
健二　「(母に) ちょっと今、勘弁してくれ」
稔　「(歌いだし) 青空は……エメラルド…」
健二　「は?」
稔　「(歌) あなたから誘って…」
健二　「いい加減にしろよ…」

薫も加わり…

二人　「（歌）素知らぬ顔はないわ…」
健二　「!?」
二人　「（歌）あやふやな人ね…」
健二　「薫さんッ！」

丸山も加わり…

三人　「（歌）渚に白いパラソル…」
健二　「いい加減にしろよ‼」
三人　「（歌）心は砂時計よ…」
葬儀屋　「俺、知らないっすわ、この歌…」
三人　「（歌）あなたを知りたい……愛の予感…」
健二　「ちょっとお母さん！　切って‼」
三人　「（歌）風を切る…」
葬儀屋　「え、全部歌うんすか⁉」
三人　「（歌）ディンギーで……さらってもいいのよ…」
葬儀屋　「（健二に）全部歌うっぽいっすね」
三人　「（歌）少し影ある瞳……とても素敵だわ…」

ここで間奏だが、健二は間違って歌いだし…

健二　「（歌）渚に白いパラソル…」

稔も便乗し…

二人　「（歌）心は砂時計…」

が、ここで再び本来の歌に戻り…

薫・丸山　「（歌）涙を糸でつなげば……真珠の首飾り…」
稔・健二　「（同時に）渚に白いパラソル……心は首飾り…」
葬儀屋　「歌うんならちゃんと歌いましょうよ」
四人　「（歌）冷たいあなたに……贈りたいの…」

母の手で、音楽が切られた。

葬儀屋「あ、切られた……」

ペタ………ペタ…………ペタ…。

稔「(歌) 渚に白いパラソル…」
四人「(歌) 答えは風の中ね…」

寿司桶を持って、のれんから現れた信子。

四人「(歌) あなたを知りたい……愛の予感… (信子の存在に恥を感じ、うやむやに終わる)」

ペタ………ペタ…。

葬儀屋「何ですか、これ」
四人「………」
葬儀屋「何でみんな歌ったんでしたっけ?」
稔「意味なんかねぇよ」

葬儀屋「……え？」
稔「意味なく歌っちゃ悪いのか」
葬儀屋「いや、別に悪くはないですけど…」
信子「お寿司、来ましたけど…」

一同、健二を見る。

健二「………」
薫「帰るぞ」
信子「え？」
薫「あ、やっぱ帰らない。丸ちゃん、飲みに行こう」
丸山「え？」
薫「いつものスナック。まだボトル残ってたよね」
丸山「うん、多分…」
薫「（居間の方を見ながら）あんなジジイと飲んだって酒がまずくて仕方がないよ」
丸山「（苦笑）」
薫「（勝手口へ行きながら）健ちゃん、ゴメン。明日九時だっけ？」

健二　「八時」
薫　「悪いけど明日二日酔いだわ」
健二　「（苦笑）」
薫　「信子」
信子　「？」
薫　「ほら、一緒に行くぞ…（去った）」

信子、仕方なく勝手口へ。

丸山　「あ、信子さん。俺、後から行くって言っといて」
信子　「あ、はい…（去った）」

ペタ…。
丸山、居間へ去った。
ペタ………ペタ…。

健二　「揺れてる？」
葬儀屋　「え？」

健二「いや、今……揺れてない？」

様子を窺う一同。

ペタ……ペタ……ペタ…。

稔「うん、ちょっと揺れてるな」
健二「揺れてるよね」
稔「うん、ちょっとだけだよ」

ペタ…。

葬儀屋「うん、ちょっとだけ」
健二「揺れてるよね」
稔「ちょっとだけな」
葬儀屋「うん、ちょっとだけ」
稔「ちょっとだけちょっとだけ」

ペタ……ペタ…。

健二「よかった、俺だけ揺れてるのかと思った…」
稔「(苦笑)」
葬儀屋「すいません、ちょっとおトイレお借りします」
健二「あ…」

雨漏りのバケツの傍らで煙草に火をつける稔。

健二「換気扇の下で吸ってよ」
稔「俺な…」
健二「え?」
稔「今度バスの運転手になるよ」
健二「……は?」
稔「職安に募集があったから、試しに応募したら採用されちゃったよ」
健二「大丈夫なの」
稔「あ?」
健二「そんな…大きい車…」
稔「今、研修中」

健二「（苦笑）」

ペタ……ペタ…。

健二「でも、ま……いい話じゃない（襖の中へ）」

稔「うん」

（音楽、阿波踊り『津田の盆踊り』、静かに入り）

ペタ……ペタ……ペタ…。

やがて、母が食べ終えた器を手に現れた健二。

健二「（母に）風呂入る？」

稔「食べたんだ？」

健二「うん。（母に）じゃ今、お風呂沸かしてくるから。ちょっと待ってて」

器をシンクに置き、のれんの奥に去った健二。

ペタ……ペタ……ペタ……ペタ……ペタ…。

居間に姿を消した稔。

ペタ………ペタ…。

葬儀屋「（のれんの奥から戻ってきて）大場さーん。あれ…トイレの鍵が馬鹿になっちゃってますね。勝手に青いのが赤になっちゃってますわ」

やがて静かに襖が開く。

気づいた葬儀屋。

襖、静かに徐々に開いて行き…

暗転

了

あとがき

成れの果ての正常位

一九九六年に劇団を旗揚げし、この『二丁目ぞめき』という作品が劇団の二七回目の公演になる。ありきたりな言い草だが「思えば遠くへ来たもんだ」といった感じで、当初の我々のモチベーションを思い返せば、よくもここまで継続できたとしみじみ思う。他の劇団と違い、作家・演出家の誰かを軸に集った仲間ではなく、ショーパブもどきの小さなステージでコントや漫才、ダンスなど、各々が各々「自分だけが売れればいい」という希薄ながら健全なモチベーションの団体に属していたが（ちなみに僕はいわゆる芸能人になれれば何でもいいと思っていた）、その団体が解体し、何となく寄り集まった男六人が何となく劇団などを旗揚げしてしまったのだ。恥ずかしながら当時（二十五歳）の僕は演劇などとはまるで無縁で、むしろ偏見の極致で無意味に演劇を毛嫌いしており、満員電車で会話の流れ上やむを得ず「演劇」という言葉を使わなければならない時は、できる限りのか細い声で、ちょっとフランス語っぽく「ヘン…ケ…キィ…」と濁すぐらい、ま、とにかく演劇と無縁だったのだが、何故劇団を旗揚げしたかといえば、とにかく自分を受け入れてくれる場所がそこしかなかったのだ。

劇団を旗揚げしたはいいが、「じゃ誰が台本を書くのか」「誰が演出するのか」「劇場はどうするのか」などなど問題は山積で、何の根拠もなく、おそらく自己顕示のみで「俺が書きたい」と立候補し、ただ悲しいかな演劇などまるで観たことがなかったので傍らにいた児玉貴志に「何かパクれるものはないか」と尋ねたところ、三谷幸喜さんの『罠』というビデオを見せられ、それが当時の僕には「こんな面白いものが世の中にあったのか」とカルチャーショックで、結局、ま、三谷幸喜さんのパクリから我々は始まった。

では劇場はどうしたかというと、皆一様に「下北沢は嫌だよな」「だってあそこみんなジャージなんだろ？」「俺、地元が千葉だからできれば新宿が有難い」「でも単純に渋谷の方が格好よくないか」といった感じの経緯で何のためらいもなくパルコ劇場に電話をし、「劇団を旗揚げしたんすけど、やらせてくれないっすか」と言ったら二秒で断られ、電話を切った野中隆光は「なんか俺らのこと、よく知らねぇみたい」とぼやいた。それが約十七年前。思えば遠くへ来たもんだ。

下品な喩えだが、劇団の変遷というのは、長年連れ添った男女の性生活みたいなもので、初めのうちは目が合っただけでときめき、手を握れば汗ばみ、髪の毛の匂いだけで充分過ぎる欲情を得られたが、時が経てば倦怠の波は小刻みに襲い、正常位が駄目なら後背位、後背位も駄目なら座位、いよいよ立位も駄目となると「ならば台所へ」と場所を変え、台所が駄目ならベランダへ行き、ベランダも駄目となると踊り場へ。いよいよ踊り場も駄目となると「もう残された場所は公の面前しかないのでは」と追い込まれる。その間、幾度も別れ話は繰り返され、それでも諦めずへこたれず、いやもしかしたら惰性も多分にあったが、それでも「何とかいいセックスを」ともがいてもがいて、この『二丁目ぞめき』は、結局今一度自宅のベッドで正常位を試みたのである。成れの果ての正常位。

何を言ってるのだろうか。つい熱を帯びて訳のわからぬ喩え話でけっこうな文字数を使ってしまった。

この『一丁目ぞめき』は二〇一二年の三月に上演された。東日本大震災から丸一年経った生々しい空気を何とか切り取りたかった。何かを啓蒙したかったわけではない。誰もが当然のように混乱し、錯綜し続けている一年後の生活者の毛穴から漏れ出すような匂いを何とか記憶しておきたかった。社会派などと言われたくない作家の端くれとしての最大限のもがきである。

当時、まだ上演台本が一ページもできていないうちに、宣伝のチラシに掲載した文章を改めて記しておく。特に他意はない。「この文章を二十年後の自分が読んだらどう思うか」といった興味本位に近いかもしれない。ま、おそらく赤面するに違いないが。

うんこととちんこととまんこの話をしようじゃないか。サンテンイチイチって言うな馬鹿。三月十一日だろ。すいません、緑茶ハイを一つ。そりゃ自分の娘が殺されたら、その殺した相手を俺は殺すよ。でもそれとこれとは別だろ。別として考えようじゃないか。

お前が芦田愛菜の心配をしなくていいんだよ。うんことちんこと まんこの話。マージャンとか最近やってないね。やらないよ。お前のこと絶対嫌いになるから。すいません、煙草置いてますか。その靴どこで買ったんですか。アメリカとかアフリカとか中国とかな。そりゃヨーロッパだってあれだろ。風俗とか最近全然行ってない。不思議だよ。何でお前泣いてんの。長澤まさみとなら付き合うよ。だって実際会ったらメチャクチャ可愛いと思うよ。顔とかメチャクチャ小さいと思うよ。農家についてはまた改めて。一丁目ぞめき。

この『一丁目ぞめき』という作品。何の謙遜でもなく、受賞に相応しい戯曲かといわれれば私自身首を傾げざるを得ないが、それでもこの劇団の成れの果ての正常位が、選考委員の方から「ウェルメイド」と評されたのは、何だかとても素直に嬉しい。とても青臭い言い草だが、今までの劇団の無様な変遷を評価していただいたと思うようにする。そして二〇一二年三月のミニマムな記憶が、こうして書籍化されることで残されていくのは尚嬉しい。

この十数年、「濡れない」「たたない」といった無様な変遷を共にしてきた劇団員の皆様、スタッフの皆様、そして観客の皆様に改めてこの場で深謝致します。最後まで下品ですみません。

二〇一三年三月

赤堀雅秋

上演記録

THE SHAMPOO HAT 第27回公演『 一丁目ぞめき 』

2012年3月21日(水)〜3月31日(土)

東京　下北沢ザ・スズナリ

換気扇の下で煙草を吸う中年の男三人。

稔「かみさん、おめでた？
　あれは妊娠してるわけじゃねぇの？」

薫「……ただのデブだよ」

下品な笑いの稔と丸山。

■出演

赤堀雅秋（大場　稔）
日比大介（大場健二）
野中隆光（丸山隼人）
児玉貴志（三宅　薫）
滝沢　恵（三宅信子）
黒田大輔（葬儀屋）

兄弟の確執。

健二「俺はね、子供のためだったら

　　これをあんたの腹に刺すぐらいのことはするよ」

■スタッフ

舞台監督　伊東龍彦

照明　杉本公亮

音響　田上篤志［at Sound］

舞台美術　袴田長武［ハカマ団］

照明操作　古谷涼子

音響操作　水木さやか

宣伝美術　斉藤いづみ

宣伝PD　野中隆光

WEB製作　野澤智久

舞台収録　原口貴光［帝斗創像］

舞台写真　引地信彦

衣装協力　平野里子［イーピン企画］

制作助手　谷　慎

制作　武田亜樹

第三者たちの喧嘩。

薫「ここの家族の話じゃねぇか！
第三者が首を突っ込むな！」

信子「またそうやって逃げて。
自分に火の粉がかかるのが怖いだけでしょ？」

■協力　コムレイド
ダックスープ
エースエージェント
イーピン企画
リーブルテック
アドベックス２

■Special Thanks
西田圭吾
中山宏子
城島和加乃
ハカマ団
清水美帆
武藤香織

泣く電器屋の男。

丸山「犬を殺したのは……
うちのかみさんが……犯人だった」

■助成　芸術文化振興基金助成事業
■企画製作　HOT　LIPS

葬儀屋の悪戯な正義。

葬儀屋「そこの倉庫で首を吊ったそうです。
　　　　そこのカップ麺の倉庫」

■作・演出　赤堀雅秋

装幀　斉藤いづみ

著者略歴
赤堀雅秋（あかほり・まさあき）
一九七一年、千葉県生まれ。
THE SHAMPOO HAT
（劇作家、演出家、俳優）
主要作品
『アメリカ』『津田沼』『その夜の侍』『砂町の王』
『その夜の侍』は二〇一二年に映画化され、初監督を務めた。
（二〇一二年、新藤兼人賞金賞、第三十四回ヨコハマ映画祭森田芳光メモリアル新人監督賞受賞）

上演許可申請先
株式会社コムレイド
東京都品川区西五反田二－一八－三グレイス五反田六〇四
電話　〇三－六四一七－九四七七

一丁目ぞめき

二〇一三年四月五日　印刷
二〇一三年四月二五日　発行
著　者　© 赤　堀　雅　秋
発行者　及　川　直　志
印刷所　株式会社　三陽社
発行所　株式会社　白水社
東京都千代田区神田小川町三の二四
電話　営業部〇三（三二九一）七八一一
　　　編集部〇三（三二九一）七八二一
振替　〇〇一九〇－五－三三二二八
　　　郵便番号　一〇一－〇〇五二
http://www.hakusuisha.co.jp
乱丁・落丁本は、送料小社負担にてお取り替えいたします。

誠製本株式会社

ISBN978-4-560-08284-3
Printed in Japan
JASRAC 出 1303069-301